ARIEL LUPPINO

A OUTRA VIDA

TRADUÇÃO
JOCA REINERS TERRON

numa
Programa Sur

ESCRITURA E VIDAS PARALELAS, FIM DO MUNDO E RESSURREIÇÃO

A vida me parecia impossível. Mas nem por isso eu deixava de viver. Permanecia noites inteiras fumando um cigarro atrás do outro, com os olhos abertos feito uma marionete. E o fogo me fazia sonhar, como um subterfúgio empírico, rodeado de objetos à primeira vista mudos. Não havia continuidade em minha vida. Fumava e tossia. Era assim com tudo. Para não haver interrupção entre cada um de seus atos, porém, é que se vive. O que outros chamavam de genialidade não era mais que a minha estupidez. Entendia o significado das palavras, mas não o sentido das frases, e por isto escrevia numa geometria regular, porém incompleta. Se tivesse compreendido tudo, creio que teria procedido como se não entendesse nada. Às vezes tenho a impressão de que minha vida é um conto que outros estão contando para mim, como uma alucinação induzida, e sou uma espécie de duplo num processo de dissolução, submetido a regras e cláusulas de todo tipo, que vive mais a vida que eles querem do que minha própria vida. Essa sensação aumenta quando tudo parece acontecer por acaso, como em certo esquema de romance. Só que isso me dá mais vertigem do que angústia. Também gostaria de saber se minha vida merece ser escrita. Contudo, se toda vida é fruto do acaso, de que outra maneira poderia ser escrita?

Lembro de duas cenas quando penso na origem de minha estupidez. Há trinta e seis anos estive em coma, com septicemia. Nascera com uma cabeça enorme, desproporcional. Fui estrangulado pelo cordão umbilical e passei uma semana numa incubadora. Depois me quebraram as pernas e as ataram com um lençol branco.

Todos os fatos da vida são irrelevantes, menos a morte. Mas só me dei conta disso quando morri, não antes. Antes acreditava ser um escritor e, por que não confessar, um artista. Agora, porém, me dou conta de que o poder de minha escritura é uma fantasia, um produto da imaginação, e isto me converte quase num personagem, ou uma presença elusiva e envolvente. Alguns dirão que sou estereotipado demais para ser uma invenção, mas não estou falando disso. A única ficção em que podemos crer é a realidade. Isso que o Conde de Lautréamont chamava de O Grande Objeto Exterior. E, no entanto, a opção de ser outra pessoa é desenhada com mais clareza em minha imaginação, não em minha vida.

Quando alguém conta carneiros até adormecer não compreende que o milagre é poder imaginar um carneiro atrás do outro, dedicando-lhe um tempo mínimo de sua consciência, à beira do sonho, até perder a conta. E quando você escolhe algo, deve pensar se quer isso para o resto da vida, mesmo que o que você escolher não dure mais do que um instante. Fiz muitas coisas para poder escrevê-las, talvez porque de outra maneira não pudesse imaginá-las, como se a vida fosse uma desculpa para isso, para continuar a escrever, ou como se eu vivesse apenas o que ia escrever, ou melhor, o que já havia escrito. Nunca fui autobiográfico: em meus textos apareço travestido, transformado em outra coisa, quase irreconhecível, e ainda assim algo persiste e brilha com uma luz única, e isso é minha vida.

Nunca me interessou escrever bem ou bem demais, e às vezes escrevi mal ou mal demais, mas sempre tive uma relação pessoal, íntima, com as palavras, e isso é algo que está além da linguagem. E foi isso que levou muitos a confundirem minha estupidez com outra coisa: tomar consciência de que nunca escreveriam assim porque nunca teriam essa relação com o que escreviam. Não havia um efeito de persuasão, mas de revelação, que aparecia com maior clareza na escritura.

Escrevia uma frase qualquer com uma distração arrebatada, como, por exemplo, "para mim a única coisa que interessa é o prazer do abstrato", e começava a lhe dar voltas até que ganhasse algum sentido. Depois tirava a frase e deixava o resto. Escrevia sobre o itinerário amplo e sinuoso, dificilmente alterável, dos ônibus de Buenos Aires ou — numa breve fase humanitária — tratados de moral e de política. Escrevia a partir do que outros descartavam ou que não interessava a ninguém. E cada texto era uma entidade autossuficiente. Escrevia — por assim dizer — porque não tinha nada melhor a fazer, ou por um empenho de minha subjetividade, ou uma consciência pictórica, ou uma mímesis caligráfica de minha escritura, por outro lado, dupla e ambivalente; ou melhor, pelo prazer de ver uma folha saturada de tinta preta de uma maneira mecânica.

Convém se deter nesse ponto da narração. Queria que todos meus atos se refletissem através do tempo como se cada um pudesse se justificar no seguinte. Tomava quatro tubos de soníferos e mais de uma vez tiveram que fazer uma lavagem estomacal em mim. Esterilizava uma agulha, procurava uma veia e me aplicava uma dose de morfina como um mecanismo que é disposto novamente em marcha. Antes me injetava heroína e tinha que me desintoxicar uma vez por mês. Porém meus problemas com a droga foram solucionados quando me iniciei no ópio, com uma bola preta que me trouxeram de Amsterdã. Passava os dias sonhando acordado, com olhos injetados de sangue. Tinha ideias como borboletas multicoloridas. Falava muito rapidamente numa língua inventada. Mas todos pareciam me entender melhor. Ademais, estava acostumado: quando era garoto, minha família punha narcóticos nos alimentos. Mas não gostaria que este texto se confundisse com outra ficção.

CONTRACAPA FANTASMA

Não é preciso escrever textos, mas encontrar maneiras de os textos se escreverem sozinhos. O problema de muitos textos, entretanto, é que estão demasiado escritos. E um escritor do SXXIII não deveria escrever, mas encontrar formas para que os demais escrevam. A inadequação temporal de Mario Bellatin conseguiu a primeira coisa e a segunda para que no futuro todos possamos estruturar nossa obra como um dispositivo, uma natureza instável e autônoma, ou um motor invisível da imaginação.

O VERDADEIRO FILHO DE MINHA MÃE

Minha mãe dizia que eu não era seu filho, e sim um duplo ou uma réplica (um substituto) que haviam botado no lugar dele, que tinham nos trocado ao nascer, et cetera. Eram duas vidas que se dobravam uma sobre a outra, de certo modo encapsuladas em si mesmas, iguais e distintas, à margem do princípio de identidade, diferentes e indiferenciadas. Seu verdadeiro filho tinha uma pica de verdade e não uma pica de pano. Não podia se fazer de desentendida nem de indolente. Não era uma questão de tamanho. Havia picas de todas as formas e cores, e inclusive transparentes. Outro detalhe: seu verdadeiro filho nascera decapitado. Queriam lhe fazer crer que a cabeça havia crescido por arte da magia, como a um réptil de quem amputam uma de suas extremidades? Que contem a outra essa história. Minha mãe só podia acreditar no que estava bem escrito, e ninguém escrevia melhor que o seu verdadeiro filho. A escritura funcionava como um circuito: se manifestava por seus efeitos na continuidade biológica. Eu, por outro lado, esboçava estas estupidezes... Bem, minha mãe não queria dizer como escrevia exatamente, porque não correspondia... Não me conhecia e não era sua intenção me ofender. Queria me fazer o favor de não se pronunciar a respeito disso... Ademais, isso não vinha ao caso. Não era o problema subjacente, ou sim, mas chegaria a hora de falar a respeito. A culpa tampouco era minha, e sim das autoridades do hospital de saúde mental. Nunca falara desse assunto com ninguém nem pensava em fazê-lo no futuro. Quando lhe disse que eu ia escrever sobre essa história porque era parte da história de minha vida, ela fez cara de desgosto e permaneceu em silêncio, sem pensar em nada particular. Talvez confiasse que seu verdadeiro filho algum dia escreveria a sua versão e dessa maneira corrigiria ou retificaria meu estilo com o seu estilo.

Minha mãe explicava que a tragédia de sua vida radicava no fato de terem roubado dela um filho gênio e lhe deixado um humanoide de pele curtida e roupas demasiado folgadas. Era capaz de ocultar os detalhes mais aberrantes. Eu suspeitava que não haviam lhe roubado nada. Ela sempre foi muito cuidadosa com suas coisas e até punha cadeado na geladeira. Minha mãe devia tê-lo em algum canto da casa e certamente o alimentava com uma sonda instalada no estômago. Fazia com que eu economizasse pasta de dente, mas devia fazer todos os gostos dele. Imaginava-o escovando os dentes quinze vezes por dia, uma vez e mais outra. Minha mãe explicava que o truque consistira em lhe roubarem um gênio de verdade (um escritor ou um artista com um talento inigualável) e deixar para ela um gênio de mentira (um idiota que rascunhava estas estupidezes). Certa tarde de sol, em uma reunião familiar, sugeriram a possibilidade de que minha mãe estivesse louca. Ela ficou de quatro com toda a naturalidade, semi-inconsciente, começou a ladrar e mordeu a cara da minha tia e da minha avó, que faziam comentários zombeteiros sobre sua maneira de se vestir. Não creio que estivesse louca, simplesmente tinha seu caráter, sua personalidade inócua, mas implacável, como todos os membros de sua família. Além disso, suponho que se decepcionaria caso eu não conseguisse contar essa cena que acabava de presenciar de algum modo confuso. A partir daquela tarde, minha mãe começou a usar roupas de outro tempo e uma máscara de ferro para não morder ninguém. E de vez em quando eu a levava para passear de coleira e com um cachecol marrom.

EDUCAÇÃO

Não sei quando foi que ocorreu à minha mãe financiar meus estudos traficando sangue. Deve ter lido isso no meu segundo romance, *Las máquinas orientales*, considerado pelos críticos como um épico da quietude, que escrevi quando tinha nove anos de idade. Mas, quando fiz objeções, deu uma porrada na minha cabeça que me deixou com os ouvidos zunindo. Isso me serviu de lição. Como boa judia, era muito nazista, e eu era o palestino do seu campo de concentração. *Heil,* mãe! Eu era judeu, mas me converti ao catolicismo por amor à crucificação.

AFORISMO

Não era um escritor de culto, mas um escritor oculto. Eu havia escrito a segunda parte de um texto que ninguém leu, como se tivesse sido um sucesso. Depois, quis museificar minha vida, mas também não vieram me ver. Minha cabeça emulava conhecimentos, como uma máquina que adiava o que tinha de fazer e não queria se antecipar aos eventos. Em algum canto da casa, eu esperava em histeria e desespero.

IMAGINO

Imagino Felipe Polleri, em sua casa de Montevidéu, fumando.

REVELAÇÃO

Uma noite minha avó apareceu na porta do meu quarto. Carregava a própria cabeça nas mãos, e queria me contar um segredo: a morte não é como a imaginamos.

A VOLTA DO ESCRITOR SEM CABEÇA. (VERSÃO CORRIGIDA E AUMENTADA PELO VERDADEIRO FILHO DE MINHA MÃE)

Em *Minga!*, de Jorge Di Paola, um personagem é decapitado por uma telha no meio de uma neblina branca e granulada. No entanto, escrevo sobre um escritor que morreu decapitado por um trem num cenário artificial. Isso pode fazer que no futuro seja considerado um personagem de ficção ou uma presença elusiva e envolvente. Eu o chamo O Decapitado — e não penso em nomeá-lo de outra maneira — porque já é conhecido por todos. Este texto em algum ponto pode ser compreendido como um inventário de coisas inúteis.

O Decapitado tinha os nervos destroçados ante as inclemências do tempo. Seu pai inventara uma máquina para controlar as mudanças de densidade no ar. Mas o Decapitado pensava que alguém o seguia, e não estava de todo equivocado. Mais que tudo o que havia escrito, lhe interessavam os espaços em branco de seus livros. Para ele parecia o mais pertinente com seu estilo de vida, como uma luz minuciosa e abstrata. Sonhava que um encenador fizesse uma representação teatral de sua morte como um acontecimento falso, parte verdadeiro ou inteiramente inventado. Mas estava convencido de que num mundo paralelo alguém escrevia sua história através de um retrato das situações. Durante o internamento, o Decapitado disse que estava sendo sequestrado. Os delírios persecutórios tinham se reavivado de maneira inusitada naquela época. Nunca pôde encontrar a diferença entre uma coisa e a outra. Também confundia os médicos com simples delinquentes e sentia um ódio quase instintivo pelos enfermeiros.

Ninguém dirigia a palavra à mãe do Decapitado. Muitos acreditavam que aquela figura meio amarga e entristecida trazia má sorte. Quando internaram o Decapitado, sua mãe ficou a noite toda ao pé da cama, em silêncio. "Não se aproximem da doninha", aconselhavam os enfermeiros, com uma estranha transparência. O Decapitado tivera uma crise convulsiva, semi-consciente e cefaleia hemicraniana. Decidiu-se por sua hospitalização para controle de uma maneira circunscrita. E se constatou que lhe faltava a cabeça.

Este detalhe era tão evidente que se tornara quase invisível para os demais. Segundo o Monstro, o Decapitado tinha experimentado um processo de dissolução a partir do qual os objetos perdiam consistência ou densidade, diluindo por outro lado a espessura da experiência compartilhada. Logicamente começara pela cabeça.

Mas o Decapitado engordou de uma maneira inusitada. Os médicos deram uma explicação até certo ponto psicológica. Chegou a pesar o dobro do habitual. Teve que começar a usar roupas de medidas especiais: 2XL, XXXL, et cetera. Isso também fez com que fosse considerado um personagem de ficção ou uma presença elusiva e envolvente. Pode-se falar do Decapitado por horas e dizer uma frase contundente mas complicada, e nada terá sido expressado. E mais alguém virá e recordará algo que foi esquecido antes, e afirmará frases breves e lânguidas completamente diferentes. Mas o final sempre será o mesmo. O Decapitado escreve sua própria morte e morre "guilhotinado" pelo trem da Companhia Ferroviária Mitre na Estação Belgrano. O ano não tem a menor importância.

O Decapitado sofreu uma transformação. Nunca explicaram de que tipo. Mas aquela não havia sido a única. O Decapitado sofreu várias transformações ao longo de sua vida, mais ainda ao longo da morte. "A vida pertence a cada qual", disse o Decapitado. "A morte é de todos". Mas a morte não é como a imaginamos. O Decapitado estava ciente de que a Companhia Ferroviária Mitre fez publicamente seu status de decapitado prevalecer sobre qualquer característica, por mais importante que fosse essa outra característica. Ninguém o chamaria de "gordo" se faltasse a sua cabeça. Tinha a cara redonda, lúgubre e fria, a cútis branca e o cabelo de cor indefinida, mas seu sorriso era uma careta fora de lugar. O Decapitado foi mantido sedado durante meses. O tempo no sanatório transcorria mais lentamente, e o dia às vezes parecia parar. Ao despertar contou que escrevera um texto — um inventário de coisas inúteis — num estado de inconsciência. O mais estranho era que podia recitá-lo de memória, pois o recordava inteiro: palavra por palavra, com os pontos e vírgulas. Ao terminar o recital teve a sensação de viver numa realidade paralela, com seus reflexos e suas sombras, pelo declive do dia, repartidas numa ordem improvável e impossível de definir. E ainda assim não teria trocado o mais banal dos seus atos do passado pelo fato mais extraordinário do seu futuro.

O Decapitado foi submetido a um tratamento de eletrochoques e a partir daquele momento já não conseguiu escrever como antes. Mais que escrever, o Decapitado queria viver, mas sem a escritura a vida parecia impossível. Foi isso que começou pouco a pouco a configurar seu outro "suicídio". O Decapitado entendeu o sacrifício a que lhe submetera uma força implacável e desconhecida. Por alguma razão, que ele mesmo não entendia direito, o Decapitado vislumbrou a existência de um deus andrógino com forma de gelatina. Uma forma estranha... Assim se referiram ao deus ao longo dos anos. O Decapitado conseguiu se afastar aos poucos da sensação de perigo que o ameaçava. Por esse tempo surgiu nele um interesse inusitado pelo esoterismo tecnológico.

A mãe do Decapitado queria que o Decapitado se ajoelhasse e pedisse perdão por ter perdido a cabeça. Essa era uma distração que ele não aceitaria com tanta facilidade. A cabeça tinha a cara redonda, lúgubre e fria, a cútis branca e o cabelo de cor indefinida, mas seu sorriso afável e comedido era uma careta fora de lugar. Uma cabeça dessas não se conseguia em qualquer canto. Depois do incidente da Companhia Ferroviária Mitre, o Decapitado preparou seu funeral e escolheu um local para ser enterrado. Constatou, porém, que não estava morto. O Decapitado não tinha mais alternativa a não ser compreender o que estava acontecendo. Então escreveu para o seu pai uma carta em cirílico, com uma letra insegura e borrada. Na carta ameaçava matá-lo, dedicando-lhe um mínimo tempo de sua consciência, com um artefato caro. Se tivesse enviado a carta, teria cumprido sua palavra. A escritura harmonizava as energias do corpo.

O Decapitado tinha a sensação de que na ruas as pessoas o olhavam mais do que o devido e que isso não se justificava pelo mero fato de não ter cabeça. O olhar dos demais, por outro lado, lhe enchia de culpa e vergonha, e uma estranha forma de aversão. O tempo transcorria mais lentamente, e o dia às vezes parecia parar. Assim que se encontraram, a mãe do Decapitado o obrigou a assinar um papel para sua internação. Há quem diga que a mãe não era nada mais que o Sol Final disfarçado. Tinha vestido uma bata branca e meia-calça. Mas nada lhe caía tão bem quanto a peruca loura e os óculos escuros. O xale era um adorno como qualquer outro. Contudo, fizeram nela um penteado extravagante que delatava sua verdadeira identidade.

Na noite prévia ao acidente, o Decapitado ficou muito nervoso por causa de um sinal premonitório. Quase não conseguiu dormir naquela noite. Queria que todos os seus atos se refletissem através do tempo como se cada um pudesse se justificar no seguinte. Demorou muito mais do que o habitual para fechar os olhos, aferrado com ambas as mãos no canto de uma mesa vazia. De modo que naquela hora imprecisa ocorreu um momento de confusão. Tinha visto uma persiana de metal cair com uma conotação antecipatória, como o sinal de um perigo aleatório e ao mesmo tempo improvável.

No futuro seria necessário desenterrar o Decapitado ano após ano para comprovar se estava em condições de ser fotografado por seus seguidores. Além da decapitação, não sofrera maiores contusões. O Decapitado continuava a ser o mesmo, mas sua anatomia mudara. Tinha sofrido — se fosse possível dizê-lo dessa maneira — uma desgraça afortunada. O Decapitado seguir vivo apesar de sua morte atraiu muitos, inclusive num território distante e hostil, um lugar extraviado ou vazio — para não dizer indistinguível — no mapa. Mas o Decapitado não podia encontrar sua cabeça na continuidade biológica. Tinha a sensação de que, de modo simultâneo, estava próximo e distante. Mas ninguém queria ajudá-lo. Existia a superstição de que a cabeça possuía propriedades curativas.

Além de não ter cabeça, o Decapitado sofria de uma doença incurável. Havia quem sustentasse, porém, que o Decapitado fora curado à distância por sua própria cabeça, oculta nalgum canto da casa de sua mãe. Até havia quem dissesse que a cabeça estava envolvida em um plástico translúcido e era controlada por controle remoto. Da mesma maneira corria o rumor de que a mãe do Decapitado se casara com a cabeça numa cerimônia secreta. Mas ninguém explicava como podiam saber disso se ninguém viu a cabeça com os próprios olhos.

"A vida pertence a cada qual", disse o Decapitado. "A morte é de todos". Mas a morte não era tal como a imaginávamos. Havia aqueles que defendiam que a mãe do Decapitado carregava um saco plástico na bolsa. Segundo essa versão, ela percorreu as duas horas que separavam o necrotério de sua casa numa caminhonete branca. Não guardava recordações da viagem, salvo que na cabine do motorista havia luzes artificiais e luz do sol ao mesmo tempo. Quando chegou no necrotério, disseram a ela que se tratava de alarme falso. Seu filho não tinha morrido. Não era necessário se preocupar: simplesmente tinham perdido a cabeça. Mas, para poder costurá-la ao corpo, seria preciso encontrá-la o quanto antes, pois estava exposta a um processo de dissolução a partir do qual os objetos perdiam consistência ou densidade, diluindo por outra parte a espessura da experiência compartilhada.

O Decapitado empreendera uma travessia aparentemente fora do comum. Mas nem tudo foi cor-de-rosa na vida do Decapitado. Havia recebido esporádicas descargas elétricas numa instituição psiquiátrica e sido contaminado por toxoplasmose de modo intencional. Devia ser tratado medicamente com urgência, apesar de parecer meio desnecessário dizer isso. O Decapitado falava em voz baixa, quase um sussurro. A enfermeira baixava a cabeça para ouvi-lo, mas não conseguia compreender o sentido das frases. O Decapitado queria que um médico examinasse suas feridas. Mas forçava as cordas vocais para falar e isso produzia um efeito de impessoalidade. A enfermeira tirou do bolso uma seringa com uma substância escura e a aplicou no pescoço dele. A voz do Decapitado começou ficar audível de novo.

Um homem com um macacão fúcsia fosforescente deu para ele um tubo de comprimidos e um nebulizador de salbutamol. As sequelas dos tratamentos a que estava sendo submetido podiam ser mais graves que uma decapitação. O Decapitado murmurou frases que o homem de macacão fúcsia fosforescente não conseguiu compreender. Depois de recorrer a uma simulação tridimensional, dedicando-lhe um tempo mínimo de sua consciência, o Decapitado descobriu onde sua mãe guardava a polifacética cabeça. O homem de macacão fúcsia-fosforescente tinha que compreender o que estava acontecendo.

O Sol Final trouxe três enfermeiros de uma policlínica nas proximidades. Os enfermeiros eram especializados na tarefa de higienizar o doente, sobretudo se o caso fosse o de ele não poder articular nem uma só palavra. Em resumo: o Decapitado sentia desconfortos, especialmente nas articulações e no peito, que não eram solucionados com a higiene corporal. As autoridades sanitárias o prenderam com correias flexíveis e aplicaram soro nele. Era importante que o contágio não se propagasse entre os pacientes no meio do desastre ou do processo de dissolução. O Decapitado dormia ou fingia dormir. Permanecia entre desperto e adormecido, vagamente atraído pelo silêncio e pela desolação. Contudo, receitaram-lhe uma série de remédios — doses de corticoides e antiistamínicos — que pioraram não somente seu estado emocional, mas também o físico. Depois lhe deram antibióticos, pois sentia uma constante comichão na cabeça, seu membro fantasma. A toxoplasmose inoculada no seu corpo foi se alastrando, causando-lhe uma série de estragos psíquicos.

O Decapitado contou a história de sua vida com riqueza de detalhes. Convém se deter nessa altura da narração. O leitor deveria compreender o que está acontecendo. O Decapitado desejava que todos os seus atos se refletissem através do tempo, como se cada um justificasse o seguinte. Mas a mãe do Decapitado tinha outro filho escondido em algum canto da casa. Seria bom se referir às roupas do outro filho com um grande sentido de cromatismo, mas só descrever suas particularidades de maneira detalhada. Além da possibilidade de procriar da mãe, o outro filho se alimentava por uma sonda instalada no estômago. Às vezes a mãe do Decapitado o prendia com correias flexíveis para poder alimentar seu outro filho de maneira decente.

Algo funesto, de natureza distinta, podia ser uma experiência dramática. O Decapitado mostrava as unhas da mão esquerda crescidas de maneira anormal. Teve quem dissesse que, ao cair da noite, o Decapitado caminhava pela Estação Belgrano como uma alma penada. Muitos o viram aparecer de repente com um crucifixo nas mãos. Tocar ou roçar nele com a ponta dos dedos em meio ao desastre era uma espécie de cerimônia secreta. Da escuridão mais profunda começava a mostrar sua forma ainda invisível na penumbra. Mas o Decapitado estava prostrado numa cama. Como podia fazer uma coisa e outra?

O Decapitado instalou um aparelho em sua cama para escrever enquanto estava sem poder levantar. A escritura começou a ocupar todo o seu tempo. Enquanto escrevia, não dava sinais de sofrer nenhuma perturbação mental. A escritura harmonizava as energias do corpo na continuidade biológica. Escrevera um inventário de coisas inúteis e um texto sobre um grupo de operários que queria trabalhar sem salário a fim de que todo o lucro fosse para os donos das corporações. Através da janela do quarto 420, o Decapitado podia ver as pombas em todo seu esplendor. Havia variações sutis, anticlimáticas, da luz. Toda vez que lhe injetavam uma substância reenergizante, o Decapitado sorria com displicência, mas seu sorriso era uma careta fora de lugar. A toxoplasmose lhe atacava de algum modo o sistema nervoso.

Mas o Decapitado se encontrava iluminado por uma luz em seu apogeu, incandescente.

O Sol Final instalara uns curiosos bonecos-robôs na Estação Belgrano: humanoides de pele curtida e roupas folgadas demais. Previsivelmente, nenhum tinha cabeça. As ruas estavam coalhadas de seres indiscerníveis com máscaras que realizavam uma representação de si mesmos sem nenhum elemento próprio. Mas os bonecos-robôs tinham uma aparência inofensiva e emitiam um som gutural que interrompia a própria noção do tempo. Para o Sol Final, o projeto humano era de sobrevivência ou extermínio. Era um bruxo doentio que falava através de uma voz cavernosa, uma voz meio camuflada naquilo que tentava descrever, e manipulava o Decapitado como se fosse um Playmobil. Apesar de não passar de um efeito visual, os bonecos-robôs da Estação Belgrano pareciam perder consistência ou densidade, diluindo por outro lado a existência compartilhada. Artefatos à primeira vista rudimentares ou máquinas tripuladas que se moviam ante as inclemências do tempo. O Sol Final tentava conseguir algum tipo de efeito. Um amigo do Decapitado — não direi quem — queria ter acesso aos bonecos-robôs para desmontá-los com um mudra. Muitos diziam que o Sol Final armara um exército de mortos em vida: a vítima se submetia voluntariamente àquilo que pudesse ocorrer como o simulacro de uma armadilha. Mas com o Decapitado, ele passou dos limites.

O Sol Final era monitorado 24 horas por um satélite russo. Havia postos de controle militares nos aeroportos, inclusive nos utilizados geralmente por monomotores e planadores. O Sol Final tinha uma passagem de avião com destino à Índia: uma viagem de ida, pois a de volta custava o dobro. Ia passar uma semana num hotelzinho de Bangladesh e depois visitaria uma península aonde só se chegava de barco sob um sol cálido e resplandescente. Na manhã do acidente, permaneceu duas horas falando sem parar com alguém da polícia secreta. Enfim voltou para sua casa. Naquela noite quase não conseguiu dormir. Demorou muito mais que o habitual para fechar os olhos, aferrado com ambas as mãos ao canto de uma mesa vazia. O Sol Final procurava sinais no fundo de sua xícara de café.

As pessoas faziam longas filas diante do santuário da Estação Belgrano. A partir de uma participação comunitária e anônima, a cidade podia ser vista como uma obra em si mesma, um simulacro de núcleos e periferias ou uma simulação tridimensional, adaptada às condições da vista humana e do campo real. As ruas estavam abarrotadas de homens embrutecidos pelo álcool e as máquinas de ruído, aereamente vinculadas, autopensantes. Os paroquianos, por sua parte, vestiam abrigos com capuzes e cachecóis marrons. Algo funesto, de natureza distinta, podia ser uma experiência dramática. Não requeria de nenhuma circunstância especial. As pombas picaram de maneira impiedosa a cabeça de um incauto que esqueceu seu abrigo em casa. Algumas iam diretamente nos olhos, atraídas pela íris. Os bicos eram cinzentos, chegando quase ao preto e de formas muitas vezes peculiares. Tentavam destroçar os olhos com algum procedimento mecânico. Ao cabo de dez minutos lhe deixaram o crânio limpo de cabelos e carnes. Os bicos eram rosas chegando quase ao vermelho. Os paroquianos gemiam, davam gritos de dor. Era um fato que ocorria com uma frequência desconcertante.

O Decapitado se desiludia com a opacidade das palavras, mas se reconfortava com um jantar frugal e uma garrafa de álcool.

Conseguira construir um sistema de pensamento próprio e um imaginário curioso. Ademais de saber chinês e japonês com perfeição. Dormia envolvido por uma mortalha de papel feita à mão e usava uma máscara de ferro com os traços do seu rosto no oco onde antes estava a cabeça. Mas a escritura originou certo incômodo. Quando o Decapitado dizia "tenho que alimentar a doninha", todos diziam que falava de sua mãe. Com isso, muitos imaginavam a mãe do Decapitado como um animal de pelagem sedosa. O Decapitado devia estar atento ao seu corpo: o frio e a umidade o faziam variar do tamanho X ao tamanho Y.

O Decapitado tinha adotado uma instituição psiquiátrica como centro de operações para seus negócios. Dedicava-se à compra e venda de jogadores de futebol. Todas essas tarefas tinham como objetivo organizar uma seita com o Monstro e o Sol Final. O símbolo da seita seria uma serpente que morde a própria cauda num círculo perfeito. Havia um comércio informal, mas não estava bem claro quem era o líder da organização. Todo escritor sabe que os cadernos de juventude se convertem em cadernos da velhice num abrir e fechar de olhos e não existe nada mais sério que o cômico. Mas eles eram socialmente invisíveis numa zona remota do planeta, um território distante e hostil ou um lugar extraviado do mapa onde ocorriam coisas que noutro lugar seriam impossíveis.

O Monstro dizia que a perdição do Decapitado se originou por estar demasiado comprometido com o esoterismo tecnológico. O Decapitado não era nazista, ou, na realidade, não era nazista no completo sentido da palavra. Ele simplesmente não gostava dos narigões de peruca. *Minha Luta* era o seu livro de cabeceira. Contudo, não o lia como um manual de instrução ideológica, e sim como um texto sagrado. Não lhe interessava que um regime político efetuasse uma limpeza racial sob um halo invisível de infinito volume. O nazismo era um programa médico, mas para o Decapitado apenas interessava o esoterismo tecnológico. Muitos queriam condenar Hitler por considerá-lo um grande inimigo da Imagem. Mesmo que fosse desnecessário mencioná-lo, Hitler viajava num tanque com um telescópio colado ao olho. Toda sua vida podia ser vista como uma luta para obter uma visão distorcida da realidade: isso que o Conde de Lautréamont chamava de Grande Objeto Exterior. Não faltavam aqueles que lhe sugeriam que Hitler tivera um filho com Eva Braun e que esse filho fora um boneco-robô com uma pica de pano. Hitler era artista; entretanto, segundo o Decapitado, conseguira que o confundissem com um diletante.

O Sol Final podia ser reconhecido por uma particularidade: usava um chapéu preto de feltro. Uma noite ele construiu um boneco de barro e imprimiu uma letra de forma na testa do boneco. Ao contrário do que se podia supor, o espetáculo era mais hilário do que espantoso. Muitos em Buenos Aires ignoravam a existência do Gólem. Tampouco tinham muito claro se estavam presos ao passado ou ao futuro, ainda que a realidade se reinstalasse no presente. Queriam ver seus atos refletidos através do tempo como se cada um justificasse o outro. Mas as árvores circundavam a área de areia suja e poeirenta na qual o Gólem havia sido construído.

O Decapitado conseguiu quinhentos mil dólares em espécie. Antes de realizar alguma transação, consultou as flutuações de outras moedas. Com uma parte do dinheiro, comprou um arenque defumado. Depois depositou uma parte como garantia e outra no interior de uma sacola de supermercado. Para o Sol Final, o dinheiro era uma invenção destinada a controlar magicamente os homens, pois o dinheiro nunca era tão importante como a falta de dinheiro. O Sol Final tinha notas com a cara, ou melhor dizendo, com a cabeça do Decapitado, e esse dinheiro tinha uma circulação própria, quase paralela, e um valor difuso que alimentava as ilusões de todos. O Decapitado recebeu dez por cento do preço de capa como direitos autorais dos seus dois livros publicados.

A mãe do Decapitado falava em iídiche e manteve alguns romances antes de se casar. O Decapitado nunca lhe perguntou sobre esse assunto, porque era algo que queria imaginar e não conhecer. O Monstro tinha dois cães Akita e aprendeu artes marciais vendo o filme *Enter the Dragon*, protagonizado por Bruce Lee. Mas foi o Decapitado quem lutou, com um tecido que lhe envolvia os genitais, contra o Gólem na porta da sinagoga da rua Libertad. Ninguém ganhou ou perdeu. Foi um empate técnico. O Decapitado e o Gólem tinham concordado em aceitar uma versão alternativa de si mesmos, menos voluntariosa e talvez mais fatalista. O rabino que impugnara a conversão do Decapitado ao catolicismo saiu para reconhecê-lo. O Decapitado gritava "sou nazista, sou comunista" sustentando o megafone com uma das mãos enquanto fazia mudras com a outra.

O Monstro era um especialista na interpretação de sonhos. Mas o Decapitado foi acometido por vários dias de insônia. Um deles se convertera num perigo para os outros.

O Sol Final começou seu ataque com pombos doentes e repetia sem cessar certas frases ditas num idioma que não entendia de todo. O Monstro, de sua parte, mantinha-se sentado diante de um simulacro de mesa. Redigia, durante jornadas inteiras de trabalho solitário porém eficaz, um romance de mil e quinhentas páginas num caderno preto. A magia, apesar de parecer desnecessário mencioná-lo, era seu assunto predileto. Mas a escritura começou a ocupar todo o seu tempo. O Decapitado ouvia um ruído inócuo porém implacável dentro de sua cabeça e recebia ligações no meio da noite. Quando atendia o telefone, do outro lado se escutava uma risadinha e alguém que desligava. Mas um barulhinho — por mais insignificante que fosse — pode enlouquecer uma pessoa, caso ela o escute o tempo todo. O Decapitado tinha escrito um inventário de coisas inúteis; entre elas, as máquinas de ruído. O Monstro guardava moedas numa lata de Nesquik, apesar de a lata estar quase vazia. A escritura originou certo incômodo sob uma luz nebulosa.

Foi então que começaram a peregrinar para a Estação Belgrano. Quem visitava o santuário comprava velas numa loja próxima. Por que os peregrinos não iam de automóvel ou de ônibus? Porque caminhar era como escrever e alguém pode escrever a vida toda, caminhar é a continuidade, et cetera. Isso faz parte da teoria decapitística subscrita por muitos acadêmicos da atualidade. O Decapitado caminhava feito desaforado e repetia longas diatribes contra os inimigos da Escritura. Isso podia ser considerado um elemento inócuo mas implacável. No Decapitado cresceram cabelos e as unhas de uma maneira desmesurada durante a putrefação.

O Sol Final era um professor de etologia que tinha o cérebro em branco. Contudo, desenvolveu um programa educativo baseado no cruzamento do lobo com o cão doméstico (o lobo vinha do oriente e o cão do ocidente, et cetera). O Sol Final tinha um avental de laboratório e uma mão de fibra de carbono. Esse era um caso obstinado na inadequação. Mas as pessoas pareciam imantadas diante dele, como numa esteira rolante. Às vezes usava uma túnica preta com o chapéu de feltro e carregava o dinheiro adquirido por meios pouco habituais num bolso interno. Seria bom se referir às roupas de Sol Final com um grande sentido de cromatismo, mas descrever apenas suas particularidades de maneira detalhada.

O Sol Final mantinha uma relação extraconjugal com uma viúva. Todas as noites a levava para passear de mãos dadas pelo cemitério onde estava enterrado seu defunto esposo, que fora vidraceiro no Senegal. Sol Final entrava em transe somente quando a viúva abraçava a tumba do esposo. O êxtase desse momento superava o prazer do coito (meia hora depois o êxtase cede, mas só até certo ponto). Além disso, a viúva tinha uma filha morta para quem nunca levava flores, por causa dos ciúmes e do ódio quase instintivo que sentia por ela quando estava viva. O Decapitado sempre olhava abstraído para um ponto imaginário da existência: a Escritura que lhe interessava era de ordem composicional.

FOTOGRAFIA 1

Uma mini Kusama convenientemente decapitada. Foi deixada como oferenda no santuário da Estação Belgrano. (Note-se a parte de trás, uma característica dos japoneses). Fotografia tomada por Mario Bellatin para um estudo da EDDE. Existe a possibilidade de que Mishima tenha possuído o Decapitado para voltar a se decapitar?

FOTOGRAFIA 2

Jovem que peregrinou a Estação Belgrano e disse: "Não há nada a dizer". Os leitores de catálogos telefônicos tinham pensamentos abstratos ou incompletos que não podiam se formar sob uma luz nublada, e o jovem não era exceção.

COISAS QUE FICARAM DE FORA

O Decapitado ficou impressionado por ver o cadáver de sua avó, pois, mesmo que tivessem se passado 72 horas desde o falecimento, ainda conservava o aspecto de estar viva. O avental cinzento que vestiram nela para o enterro brilhava e ela carregava a própria cabeça nas mãos.

O Monstro construiu uma máquina para combater uma epidemia futura. Enquanto isso, curava a distância com tratamentos homeopáticos. Isso não mudava o panorama objetivo de sua situação.

O Monstro escrevia sentado e atado com cordas de couro. O tempo transcorria mais lentamente, e o dia às vezes parecia se deter.

Muitos atribuíram o "suicídio" do Decapitado a uma mensagem que perturbou a tranquilidade do seu espírito. Os atos deixaram de ser únicos e se manifestaram como elos, apesar de cada um manter uma relativa autonomia sobre o outro.

O Decapitado começou a ser convidado para dar conferências sobre como escrever com frases e não com ideias, pois ainda que lhe faltasse a cabeça também era certo que lhe sobrava uma das mãos. O Decapitado somente escrevia frases. Primeiro uma, depois outra, e assim por diante... Mas para escrever só usava sua mão direita. Não renunciava a uma singularidade irrepetível.

O Monstro havia redigido um manual de usuário para o livro de mais de mil páginas que escreveu. Eram fragmentos textuais presentes em diferentes arquivos. O Decapitado havia escrito, durante jornadas inteiras de trabalho solitário, porém eficaz, um inventário de coisas inúteis.

O Monstro havia experimentado a solidão na própria carne. Mas não a solidão de um corpo sem cabeça. Nisso o Decapitado tinha vantagem em relação a ele. Começou a se desmembrar antes de morto, como se quisesse deixar em evidência que não somos donos de nosso corpo. O Decapitado acreditava ser o habitante de um povoado fantasma do qual não recordava nem sequer a existência.

Existe a teoria de que a mãe do Decapitado tentou refazer o quarto onde a cabeça estava escondida. Foi no contexto de uma peça teatral, por meio de uma gama de situações. O personagem do Decapitado foi interpretado por um humanoide de pele curtida e roupas demasiado folgadas, e o de Hitler por uma mesa de escritório. Isso faz parte da teoria decapitística que muitos acadêmicos atualmente subscrevem.

O Monstro escovava os dentes cinco vezes por dia. Que fossem cinco e não quatro ou seis exigia muita concentração e disciplina. O Decapitado não sabia o que dizer a respeito, ou tinha a sensação de que não era preciso dizer nada.

O Sol Final caíra de uma janela no vazio. Para muitos, essa queda lhe havia atribuído poderes, apesar de ter sido operado do joelho semanas depois com um bisturi.

No lugar onde o Decapitado morava, existiam restos daquilo que fora uma antiga fábrica de elevadores. Quase nunca se realizava ali qualquer atividade. O Decapitado tinha uma coleção de revistas pornográficas, submetidas a classificações laboriosamente abstratas. Passava as noites à procura de diferenças entre as atrizes pornô de traços asiáticos e sua mãe, que, vale dizer de passagem, nutria notável semelhança com a atriz italiana Valentina Nappi.

O editor do Decapitado usava um pulôver de gola alta e estava interessado em certas coisas do passado, como, por exemplo, o nazismo. Ele, entretanto, acreditava que o nazismo era coisa do futuro, pois no presente não havia respostas. Segundo explicava, o nazismo era uma palavra vazia de significado, mas podia ser preenchida com todos os nossos desejos.

O Decapitado se interessava por astrologia e matemática. Segundo lera numa revista científica, havia várias interpretações para o nazismo. Para muitos era uma ciência, e não uma arte. Havia planos de estudo que o incluíam como apenas uma matéria a mais. Muitos dos professores eram judeus e a cota feminina era respeitada. As minorias étnicas e sexuais também eram contempladas na elaboração do programa e na hora de distribuir as turmas. A maioria dos alunos permanecia reclusa por boa parte de sua vida. Isso fez alguns estabelecerem analogias entre os claustros universitários e os campos de concentração. Os trabalhos foram reprovados e os alunos penalizados por banalizar o Holocausto. Somente uma estudante chinesa foi expulsa por se dirigir a um professor com um termo claramente antissemita.

O Decapitado gostava de rabiscar suásticas quando se sentia entediado, sobretudo porque não sabia desenhar. Era ostensivamente mais fácil desenhar uma suástica do que o mapa da Hungria. A origem da suástica é egípcia e representa o movimento do sol em relação ao horizonte. Havia quem sustentasse que ensinar acerca do nazismo nas universidades era até certo ponto irresponsável. Não se tratava apenas de uma questão de pressuposição. No entanto, tampouco havia argumentos suficientemente sólidos para desarticular o interesse pedagógico. O nazismo, por outro lado, não andava tão desprestigiado quanto as ciências paranormais.

Para o Decapitado, não havia nada fora do comum no nazismo. Mas, como todo projeto humano, era difícil de levar a cabo. O Decapitado não sabia o que dizer sobre o Holocausto, ou tinha a sensação de que não era necessário dizer nada.

Os enfermeiros da Policlínica esfregaram a pele do Decapitado durante duas horas seguidas. O Decapitado nem sequer se queixava. Eram mais tarefas de higiene física do que moral.

O Decapitado foi introduzido num aparelho de ressonância magnética. Mas, como o Decapitado sofria de claustrofobia, os vizinhos escutaram gritos por dois quarteirões ao redor. Um enfermeiro foi imediatamente penalizado por não injetar a tempo uma substância que pretendia reduzir a sensação de confinamento do Decapitado.

O Sol Final carregava sempre consigo uma pequena garrafa de

uísque e tinha a boca roxa ou azul. Ele ensaiava diante do espelho um sorriso afável e calculado, que, de algum modo, poderia ser considerado como diabólico ou fora de lugar. No entanto, executava mal o papel que gostaria de representar. Não lhe interessava ser sinólogo, mas sim virar chinês, e por isso estreitava os olhos para falar.

O Monstro não queria que os leitores acreditassem que a única graça de seu livro era a extensão.

O guarda-roupas do Decapitado foi saqueado. Fizeram um trabalho de formiguinha para encontrar as revistas pornográficas numa imitação de móvel cujo interior era oco. Faltavam apenas os números 2 e 6 de sua coleção, como as peças separadas de um quebra-cabeças. Eles também pegaram o dinheiro ilícito que o Decapitado guardava numa caixa de vidro. A partir desse momento, ele teria de viver do canal criptografado e do dinheiro emprestado por sua mãe.

O Decapitado suspeitava que foi sua mãe quem roubou o dinheiro que ele tinha conseguido de uma estranha maneira. Mas a condição de mãe era temporária.

Foi um amigo que disse ao Decapitado: "Por que dar uma de Goebbels se você fica lendo Franz Kafka?" Isso era algo que curiosamente não o preocupava, apesar de preferir lê-lo traduzido ao chinês ou ao japonês, em vez de sua língua original. O Decapitado o lia da maneira mais incômoda possível (num canto, dobrado sobre mobiliário falso; no meio de uma reunião familiar, acotovelado na balaustrada de uma ponte; na beirada de um despenhadeiro, vagamente atraído pelo silêncio e a desolação, quando as páginas quase não eram distinguíveis devido à névoa constante, et cetera), pois estava convencido de que daquele modo poderia compreendê-lo melhor.

O Monstro trabalhou na lavoura. Havia trabalhado na colheita de batata e de batata-doce. E sempre escutava o tango *Compadrón*.

O Sol Final realizava experiências genéticas. Fez muitos cálculos para atingir o objetivo proposto. E carregava um registro do processo num caderno de capas pretas. Havia quem denunciasse que se tratavam de experimentos nazistas submetidos a classificações laboriosamente abstratas. A mãe do Decapitado o obrigava a usar um abrigo com capuz para que os demais não vissem que não tinha cabeça. Embora o Decapitado lhe explicasse que esconder a ausência a faria mais evidente, a mãe do Decapitado não queria conversa.

O Sol Final mantinha relações furtivas com uma velha travesti. Foi ela quem o iniciou nas artes esotéricas. Os bonecos-robôs iam adquirindo interpretações distintas, aparentemente idílicas. E interessava ao Sol Final que as coisas acontecessem dessa maneira.

O Decapitado podia perder seu diploma de estudos sobre o nazismo. A princípio, ele ficou apavorado com semelhante possibilidade, mas finalmente decidiu prendê-lo no pescoço. Apesar de ter sido uma antiga fábrica de elevadores, o lugar onde vivia o Decapitado parecia uma casa de bonecas com uma arquitetura afim com seu pensamento. O equipamento musical ficava num lugar estratégico, organizado de maneira simétrica.

O Sol Final falava num tom exótico e peremptório, incompreensivelmente gutural. Seu corpo estava coberto por uma única vestimenta, um longo impermeável da Gestapo que quase chegava ao chão.

Havia uma série de edifícios ao redor da Estação Belgrano. Muitos vizinhos, é lógico, não davam mostras de saber o que acontecia no santuário. Olhavam das sacadas com indiferença: isso estava além de sua vontade. As árvores contornavam o trecho de areia suja e poeirenta com idêntica densidade. Os paroquianos agradeciam as curas de suas dores.

O Sol Final estava obcecado com a totalidade do visível e a ressurreição da carne. Embora não soubéssemos interpretá-la, o Decapitado tinha se levantado da tumba para nos ensinar sobre a morte. Porque, como dizia a avó do falso filho de minha mãe, a morte não é como a imaginamos.

Minha avó foi colocada em uma abóbada após revelar um segredo para nós. No entanto, é inútil o esclarecimento de um enigma. Uma noite tirei minha avó da abóbada e botei no seu lugar um humanoide de pele curtida e roupas demasiado folgadas.

O Decapitado estava vivo para alguns e morto para outros. Isso faz parte da teoria decapitística que muitos acadêmicos atualmente subscrevem.

A mãe do Decapitado exigia do Decapitado que ele definisse sua situação: estava vivo ou morto? Mas a condição de mãe era temporária.

O Decapitado queria ir para a terra de origem dos seus ancestrais. Entretanto, não sabia de onde vinham. Os ancestrais do Decapitado, num passado longínquo e quase imemorial, dedicavam-se a a esculpir uma escritura no fundo da pedra. Era uma cena que refletia outro tempo.

O Decapitado podia aumentar ou diminuir sua pica pois tinha uma pica de verdade e não uma pica de pano.

O Decapitado se perguntava quantas mortes são necessárias para se morrer de verdade. Para muitos médicos, era quase impossível que o Decapitado tivesse sobrevivido à sua decapitação.

O Decapitado e o Sol Final se comunicavam em chinês, mas às vezes preferiam fazê-lo em japonês. O Monstro e o Decapitado nunca entravam em acordo sobre em qual idioma deviam falar. Quando estavam juntos, preferiam ficar calados. O Monstro não se interessava em ser sinólogo, mas sim em virar chinês, e por isso estreitava os olhos. Eles trocavam um sorriso de surpresa ou de desculpa, mas esse sorriso era uma careta fora de lugar.

Por se tratar de um decapitado, ninguém se animava a lhe dar um tapinha nas costas. Muitos diziam que o Decapitado vivia como se não estivesse morto.

O Decapitado dizia que não era seu santuário, mas o santuário da comunidade.

O Sol Final costumava se expressar com poucas palavras (todas carregadas de uma violência incomum).

É algo extraordinário imaginar a morte. Mas a morte não é como a imaginamos.

Hitler era o homem mais bem apessoado do mundo aos olhos do Decapitado. O nazismo, como todos devem saber, também tem suas coisas ruins. Como, por exemplo, os campos de extermínio.

O Decapitado permanecia quase o tempo todo na cama. Segundo ele, estava se preparando para quando o pusessem num caixão.

Muitos diziam que era um gênio do Mal, porém o Decapitado mal sabia amarrar os cadarços dos sapatos.

Uma vez o falso filho de minha mãe estava com fome e ligou para sua tia para lhe pedir dicas de como fazer um ovo frito.

Havia quem dissesse que o Sol Final queria fundar uma seita dedicada à experimentação de cogumelos e raízes alucinógenas. Segundo sua tese, uma reunião de cultivadores seria uma reunião de agricultores se outro sistema jurídico e legal legislasse

Era falso o rumor de que a cabeça do Decapitado fora cortada por culpa do diabetes.

A morte é outra coisa.

NOTAS DA CADERNETA DO FALSO FILHO DE MINHA MÃE

Onde diz "mãe do Decapitado" deveria dizer "o furão".

/

Não escrever que o Decapitado pode ou não ser Marcelo Fox, que o Monstro pode ou não ser Alberto Laiseca, que o Sol Final pode ou não ser Ithacar Jalí, et cetera. Pois escrever isso pode estragar o texto.

Escrever "um pote de maionese Hellmann's" em vez de "uma lata de Nesquik" para que seja compreensível para um leitor não argentino.

Remover todas as referências ao nazismo do texto e em nenhuma circunstância acrescentar suásticas. A origem da suástica é egípcia e representa o movimento do sol em relação ao horizonte.

Revisar a lógica do texto. Como o Decapitado poderia sorrir e ter problemas mentais se não tinha cabeça?

Definir a situação do Decapitado. (Isso é importante demais).

Não é certeza que Hitler fosse o homem mais bem apessoado do mundo para o Decapitado. No entanto, ele se mantinha em forma pois comprava hambúrgueres orgânicos, firmes e crocantes, por um preço incrivelmente barato num supermercado natureba. Hitler escondia os brócolis nas cabeças ocas dos bonecos-robôs. Ele e Eva Braun tinham muitas coisas em comum, mas o programa de alimentação os unia e os separava como um mecanismo oscilante.

Não devo deixar à mostra o que penso a respeito daquilo que escrevo.

DIÁLOGO COM O TRADUTOR DO FALSO FILHO DE MINHA MÃE

1) Em "Minga!" (romance que eu ainda não li), o personagem é decapitado por acidente ou alguém o decapita <com> uma telha?

2) Vou traduzir "Sol Final" como "Ultimo Sole", o que acha?

3) EDDE é acrônimo de...

4) "enclenque": gracioso ou apenas magro?

5) "tenía el cerebro en blanco": tinha dano cerebral ou simplesmente lacunas mentais?

6) "basado en la cruza del lobo con el perro doméstico", vou traduzir assim: "basato sull'incrocio del Canis lupus col Canis familiaris". Que acha? Mais etológico, não?

7) Última questão: "Tocarlo o rozarlo era una especie de ceremonia" eu interpreto assim: "Riuscire a toccarlo, o anche solo a sfiorarlo, era come ricevere un premio". Correto?

8) E "las mujeres con peluca" são precisamente (com e sem metáfora) "dame imparruccate", não?

9) *Questa* e ponto final (*giuro*: a cabeça está cortada). Qual é a característica dos japoneses na parte dos fundos da Kusama da *bancarella*?

CONTRACAPA VARIADA

Alguém chega em sua casa, tira a cabeça e a abre. Dentro encontra um monte de coisas insuspeitas e outras nem tanto: um cérebro de vidro, cabos, um relógio-despertador e uma bolsa de sangue. Tem também uma pica de pano, um romance intitulado *Las brigadas* ou *Araca la rata* e outro intitulado *¡Paraguayo!* ou *After pampa*. Apoia a cabeça com muito cuidado em cima da mesa e começa a tirar tudo o que tem no seu interior. No entanto, quando desmonta a cabeça não pode mais remontá-la. Este é X, o falso filho de minha mãe, um leitor de *Gran ensaio sobre Baudelaire*.

MÁXIMA

Julio, um amigo do meu pai, me fez uma revelação que tempos depois encontrei num romance de Saer: um jogador não joga para ganhar, mas para continuar jogando. De mesmo modo, um escritor não escreve para obter sucesso ou reconhecimento, mas para continuar a escrever.

ONTEM À NOITE

Ontem à noite, um tradutor da obra de Stephen King — de notável semelhança com o escritor argentino César Aira — nos disse que Pizarnik procurava uma combinação preciosista de palavras (por exemplo, espelho e lua) e, por isso, quando as combinações possíveis terminaram para ela, não teve remédio a não ser se suicidar. Para esse tradutor — com um estranho adminículo na boca — o suicídio de

Pizarnik foi uma tentativa de suicídio que acabou mal, pois ninguém que realmente quer se suicidar tenta isso três vezes.

GRANDE ENSAIO SOBRE A MÁQUINA DE ESCREVER

Segundo Laiseca, Marcelo Fox morreu decapitado pelo trem da Companhia Ferroviária Mitre na Estação Belgrano. A partir desse fato pude tirar uma série de conclusões.

1. Os textos não são escritos com ideias, mas com frases: primeiro uma, depois outra e assim por diante.

2. Existe uma lógica do dentro e existe uma lógica do fora. Contudo, não se pode compreender o dentro com a lógica do fora. Os problemas literários são, em sua maioria, problemas topológicos.

3. Existe uma concepção da escritura que é de ordem composicional. Não se trata de pensar a escritura como música, mas de entender que ambas são expressões formais.

4. A palavra "literatura" não permite pensar a escritura.

5. O fim da literatura não é mais que o fim de certa concepção ambígua e difusa da escritura.

6. Escrever não se reduz a narrar ou a contar.

7. Não é possível sustentar ideologicamente o que não funciona em termos formais.

8. Um texto nunca conta uma história, mas maneiras de contar.

9. O autor não morreu: é preciso decapitá-lo.

10. Só há a escritura. Nunca houve outra coisa.

11. Não se escreve um texto para ser entendido, mas para ser afetado por uma forma.

12. Deveríamos deixar de falar da escritura para começarmos a falar das escrituras.

13. A palavra "reler" deveria ser proibida: nunca "já" lemos um texto.

14. O que se explica está perdido: não há nada que explicar. Que entenda quem puder!

BREVE TRATADO SOBRE O TEXTO FANTASMA

O poder de um texto não está no que o leitor lê, mas naquilo que permanece num segundo plano: o que falta também existe e há uma presença do ausente que não deixa de nos questionar. O texto fantasma não encerra o sentido, mas deixa margem para que o leitor continue a completar a escritura. Não é o texto principal ou visível que dá sentido à leitura, e sim o texto fantasma ou invisível que permite que o leitor substitua o que não é dito. É nessa relação que a leitura encontra uma chance para o próprio desenvolvimento.

IMAGINAÇÃO

Imagino a morte como um lugar paradisíaco feito todo de luz: inevitavelmente ornamental. No entanto, como costumava dizer minha avó, a morte não é como a gente imagina.

SOFTWARE

Este texto não é uma metáfora do capitalismo nem da tendência adaptativa da destruição. Este texto é um programa de escritura no sentido tecnológico da palavra. Certa vez imaginei uma apresentação com dois escritores, um com barba e o outro, calvo. Nenhum deles sabia o que dizer sobre este texto sem falar de generalidades.

MOMENTO

Como uma matéria insólita e volátil que condensa um saber inútil, talvez seja o momento de falar de uma escritura meio robótica.

PARECIDOS

Este texto se parece com outro texto. Mas este texto foi escrito de tal maneira e o outro foi escrito de outra.

ENTENDIMENTO

Não havia por que adaptar as velhas ideias da escritura às novas escrituras.

DÚVIDA EXISTENCIAL

Muitos se perguntavam se o Decapitado era um gênio ou um idiota. Mas quase ninguém considerava a primeira opção como válida.

TRADUÇÃO

Este texto foi escrito numa língua inventada e traduzido sem a ajuda de nenhum dicionário.

MPORTÂNCIA

Ninguém reparou na importância de um sofá amarelo e uma pluma azul fosforescente na obra do Decapitado.

FRASE SOLTAS QUE PODEM SERVIR PARA OUTROS TEXTOS

O Decapitado não queria ajuda de ninguém. Seu corpo estava coberto por uma única vestimenta, um longo impermeável da Gestapo que quase tocava o chão. Era um protótipo condenado a se mover de modo maquinal.

A mãe do Decapitado o submetia a uma série de castigos físicos com uma vara. Era uma cena que refletia outro tempo.

A mãe do Decapitado não admitia circuncidados perto do filho, talvez por obra de mera casualidade.

O Decapitado desejava ser circuncidado antes que o pusessem no seu ataúde. Sua vida era como um ideograma privado que nunca se preocupou em entender ou decifrar.

O Decapitado assombrava a todos com uma caligrafia perfeita. Cada letra era uma aparição súbita e ao mesmo tempo controlada.

O prato preferido do Decapitado era polenta com carne de pomba. Qualquer um podia esquecer da cidade para ter a sensação de estar fora dela. E assim do mundo. E assim daquilo que o Conde de Lautréamont chamava de Grande Objeto Exterior.

Não tinha sido esculpida nenhuma palavra na lápide do Decapitado.

O Decapitado se deslocava com certa dificuldade.

O Decapitado ficava de pé lentamente para poder observar as pombas através da janela.

A mãe do Decapitado era suspeita de cometer estupro com a cabeça do seu filho. Mas a condição de mãe era temporária.

O quarto do Decapitado era decorado de uma maneira tétrica por sua mãe. O equipamento musical ficava num lugar estratégico, arrumado de um modo simétrico.

A cabeça estava escondida num canto do quarto.

O Sol Final havia escrito um tratado sobre como se desfazer dos mortos queridos. Foi assim que conheceu a viúva.

O Decapitado sonhava com uma mulher com o corpo rodeado de ratos.

Hitler começou a se reabilitar fisicamente. Depois de uma série de estudos, os neurologistas determinaram que Hitler não iria ser o mesmo de antes. Ele procurava dentro de um turbulento amarelo a descrição mais adequada possível para a realidade.

UPGRADE

Este texto é atualizado com certa periodicidade.

INDICAÇÕES DE COMO FAZER UM OVO FRITO

Pegar um ovo e quebrá-lo numa frigideira com azeite e manga dentro.
Esperar cinco minutos e tirá-lo.
Comê-lo com pão.

O DECAPITADO (VERSÃO PERTURBADA E DISTORCIDA PELO FALSO FILHO DE MINHA MÃE)

O Decapitado tinha um jogo de correias, ferro e couro. Vestia-se de modo bizarro. Tinha uma aparência pálida e cansada. Às vezes era gordo e às vezes era magro. Falava sem esperar nenhuma resposta.

O corpo do Decapitado jazia sob uma laje de concreto. Tinha sido disposto num pequeno ataúde. Ninguém sabia o estado do corpo. A família não ia vê-lo. E nunca o desenterraram.

Os familiares tinham que se organizar em filas, uma de homens e outra de mulheres. Deviam mostrar os dedos limpos. Era um sinal inequívoco de que não haviam profanado tumbas em outros cemitérios.

Muitos diziam que as unhas do Decapitado cresciam lá embaixo. Ninguém podia comprovar isso, mas ninguém duvidava de que fosse verdade. Foram educados, durante jornadas de trabalho solitário mas eficaz, com uma técnica ortodoxa que excluía a dúvida. Havia até quem contasse que o Decapitado mantinha obscuros hábitos sexuais. Todas a noites ele arranhava o ataúde pelo lado de dentro. Isso constituía intimidade opressiva no meio do silêncio. Estranho teria sido se arranhasse o ataúde pelo lado de fora.

O corpo do Decapitado desapareceu em certa manhã de neblina. A tumba ficava localizada bem na entrada do cemitério, próxima de um muro de adobe. O Decapitado sentia falta dos trilhos enferrujados e das rodas do trem. Ademais, a recordação de sua mãe com um pastor alemão o atormentava. Contudo, ninguém podia explicar por que o Decapitado considerava a si mesmo como o próprio irmão.

O Decapitado havia perdido uma guerra mágica com o Sol Final. Não podia estabelecer uma cronologia exata dos fatos. Mas havia perdido mais de uma batalha. E essa não podia ser uma ação sem consequências. Durante um tempo se mantiveram distantes um do outro. Mas o sentido do olfato de Sol Final era bastante desenvolvido.

O Decapitado desenhava com uma velocidade assombrosa. Desenhava o quê? Suásticas. Cruzes gamadas. O Decapitado gostava de desenhar suásticas quando estava aborrecido, sobretudo porque não sabia desenhar. Era ostensivamente mais fácil desenhar uma suástica do que o mapa da Hungria. A origem da suástica é egípcia e representa o movimento do sol em relação ao horizonte. Mas o Sol Final desenhava outra coisa e com uma velocidade muito maior.

O Monstro queria lavar o cadáver do Decapitado e lhe dar uma sagrada sepultura nos arredores de uma favela. Mas o Decapitado não se deixava prender. Os familiares explicaram que não havia nenhuma novidade. Segundo eles, o Decapitado perdera a cabeça muito tempo antes. Tampouco os surpreendia que ele tivesse problemas psicomotores.

O Monstro experimentou a solidão na própria carne. Mas não a solidão de um corpo sem cabeça. Nisso o Decapitado tinha vantagem. Havia começado a se desmembrar antes de morrer, como se quisesse evidenciar que não somos donos de nosso corpo. O Monstro tinha inventado um passado sob medida. No entanto, percorreu um longo caminho pelo mundo da magia. Mas desta vez precisou permanecer em silêncio. E nunca — mas nunca — teria perdoado se o Decapitado falasse em traição.

Os familiares confinaram-no num centro de saúde mental e foi assim que o deixaram doente. Disso o Monstro não tinha culpa. Tinha feito tudo o que estava ao seu alcance. Mas o Decapitado tinha horas contadas.

A casa mergulhou em silêncio total. O Decapitado teve que ficar na cama devido às suas doenças nervosas. O Monstro nada fez porque temia que sua situação piorasse ainda mais.

Sim: ele escrevia. Não tinha ânimo para nenhuma outra atividade. O Sol Final apertava um de seus braços. Quase não conseguia fazer mudras. Tratava-se de uma experiência até certo ponto intolerável.

O Monstro trabalhara na lavoura. Trabalhara na colheita de batata e batata-doce. E sempre escutava o tango *Compadrón*. Na noite em que tentou ajudar o Decapitado, seu pai bateu nele com uma força indescritível. O Monstro dizia que seu pai era Josef Stalin.

O Decapitado tinha três enfermeiras em tempo integral. Mas uma delas o ameaçou com uma arma perfurocortante quando viu que mexia um dedo. Estava sedado; se conseguisse fazer um mudra, talvez pudesse se safar.

O tempo se confundia quando ele se lembrava disso. O Monstro tinha um rádio transistorizado com o volume ajustado no mínimo.

Escutava as notícias. Tinha a desagradável sensação de ser um problema para ele mesmo mais que para os demais. E, para piorar as coisas, ele não foi capaz de salvar o Decapitado. E agora não tinha outro remédio senão encontrá-lo.

Havia falado com ele somente uma vez. O Sol Final não era o Sol Final: era o Outro. E o Decapitado veio a saber disso tarde demais. A guilhotina cairia lúcida e exata.

Eles o deitaram numa mesa de metal. A um canto estava a armação de ferro da qual pendia um frasco de soro e o carrinho com os instrumentos clínicos. Mas o Outro colocou um pano sujo em sua boca e deu-lhe uma carga de eletrochoque.

O Sol Final fez um desenho. Primeiro desenhou o corpo, mas colocou um vazio onde costumava ter uma cabeça. Por fim, desenhou a ferrovia. E escreveu um nome: Estação Belgrano. R.I.P.

Havia um odor pungente no ar. O estômago do Decapitado começou a estalar como uma fritadeira industrial. Havia uma janela aberta, mas não lhe passou pela cabeça sair: essa ideia foi bloqueada pela magia. O Sol Final havia caído de uma janela para o vazio. Para muitos, aquela queda lhe dera poderes, apesar de semanas depois ele ter que passar por uma cirurgia no joelho com bisturi.

Na última vez que viram o Decapitado, ele escrevia num caderninho, durante jornadas inteiras de trabalho solitário mas eficaz, a história de sua vida como se fosse a história de outro.

Coisas que não foram ditas sobre o Decapitado. Coisas que não podem ser ditas. O que sabe não fala. Etcétera.

O Decapitado pode ser ou não Marcelo Fox. O Monstro pode ser ou não Laiseca. O Sol Final pode ser ou não Ithacar Jalí. Mas o Outro é sempre o Outro.

O Outro ia a cavalo e encurvava as costas. Contudo, não podia galopar quando se aproximava de um templo. O Outro protegia seus seguidores. Muitos lhe pediam a bênção quando o viam passar a cavalo. Mas certo dia chegou a um povoado da província: Monte Grande. Ninguém o conhecia. O Outro se aproximou de alguém e disse: "Eu sou o Outro". "Claro", lhe disse o homem, e continuou a fazer as suas coisas. Depois se aproximou de outro e disse: "Eu sou o Outro". "Não me diga", disse o outro homem, e limpou os dentes com uma talagada. Depois se aproximou de outro e disse: "Eu sou o Outro". "Sim, sim, com certeza...", disse o outro homem, e sorriu de forma desmesurada. Depois se aproximou de outro e disse: "Eu sou o Outro". "Aham", disse o outro homem, e ficou olhando para ele. Depois se aproximou de outro e disse: "Eu sou o Outro". E este se prostrou a seus pés. Então o Outro sacou o sabre e lhe cortou a cabeça. E o Decapitado se levantou. Tudo voltava a começar uma e outra vez.

Não escrevo romances. Não escrevo crítica literária. Não corto a prosa. Apenas escrevo frases. Primeiro uma. Depois outra. E assim por diante.

O autor não morreu: é preciso decapitá-lo. Todos os autores deveríamos nos decapitar a nós mesmos. Poderíamos botar a cabeça de um no outro e vice-versa? Sim. Só por um momento. Para voltar a decapitá-los. E decapitá-los melhor.

Este texto não está escrito com ideias, mas com frases.

O Decapitado foi embora, mas sua cabeça segue falando para nós. (Eu a pus num frasco com formol. De longe parece uma beterraba cabeluda). Surge uma pergunta relacionada com o futuro da literatura argentina: o que fazer com a cabeça do Decapitado? A) Complexas estruturas narrativas. B) Não é possível responder. C) Construir um santuário para ela. D) Verificar com perguntas ao pé do ouvido se o corpo do Decapitado também não tem pernas e braços. E) Esculpir para ele um corpo em granito para ser colocado na Biblioteca Nacional ou na Estação Belgrano. F) Contar seus olhos. G) Fazer um curta. H) Traduzi-lo para o inglês ou italiano. I) Fazer um exemplar único.

Que verdade há nisso de que o Decapitado tinha três olhos? Há quem diga que não o velaram num caixão fechado porque foi decapitado, mas porque seu terceiro olho havia crescido. A cabeça do Decapitado está em minha biblioteca. Dentro de um frasco com formol. Eu a retiro para que fale. No entanto, temos que construir uma cabeça-máquina que seja o duplo astral dessa cabeça.

Este texto cresce como um organismo vivo. E não termina aqui.

Por que fazer uma cabeça-máquina se temos a original? Porque aquilo que se perde no astral só pode ser recuperado no astral. E quando digo dois é três. Ou quatro. Ou vinte. Mas vinte não é quatro nem trinta nem muito menos mil e oitocentos.

Existe uma lógica do fora. E existe uma lógica do dentro. Mas não é possível entender o dentro com a lógica do fora.

A maioria dos problemas literários são problemas topológicos.

EPÍLOGO DA ORDEM SECRETA

A barba rala e branca comia minha cara. Uma longa lagarta de cinzas tremulava na ponta do meu cigarro. Tinham me enfiado num frasco de vidro. Mas eu possuía um computador pequenininho. Eu apertava todas as teclas ao mesmo tempo e gritava, gritava, gritava, gritava e gritava. Aaaaaaaaaaaaaaaaaaaah...! A a a a a a a a a a a a a a a a a a a a a a h...! Aaaaaaaaaaaaaaaaaaaaah...! E nada. Tinham me enfiado num frasco de vidro. Primeiro: porque podiam. Segundo: porque queriam. Terceiro: porque eu media trinta centímetros e não praticava artes marciais (fiz só uma vez aikidô, e outra vez tae-kwon-dô... Mas nunca soube boxear). Eu queria sair e comer a cara deles: morder-lhes o nariz. Mas estava confinado num frasco de vidro. Em cima de uma cabeça. No meu lugar devia ter azeitonas antes, ou maionese Hellmann's. Agora tinha formol. Quando adormecia ou agachava e queria continuar a falar... gluuuuu... gluuuuu... gluuuuu... Meu sistema nervoso desmoronava. No entanto, não era um anão. Meu pai nunca permitiria que falassem isso dele ou de mim. Eu media trinta centímetros, mas isso não fazia de mim um anão. Existiam anões que mediam dois metros e jogavam basquete! Eu usava um uniforme de listras brancas e pretas. Estava desdentado, desnutrido, piolhento. Davam para mim uma sopa aguada ou introduziam uma sonda no meu estômago para me alimentar.

De noite vinha um enfermeiro ou um mago. Tinha uma filmadora no olho esquerdo. Com esse nano-olho podia ler o que escrevia. Eu escrevia na parte traseira dos cadernos durante jornadas inteiras de trabalho solitário, mas eficaz. Tinha uma tristeza constante. Ele ria de minha gagueira. Por isso eu não falava: escrevia. E escrevia. E escrevia. E escrevia. O tempo todo assim. Mas também apertava as teclas uma atrás da outra. E gritava. Aaaaaaaaaaaaaaaaaaaah...! Depois aparecia um vampiro, ou melhor dizendo, um homem lobo, ou melhor dizendo, um médico para examinar o meu corpo. Estava medicado mas tinha um ligeiro tremor nos lábios.

Meu filho era um cabeça-oca que nunca entendeu (ou nunca quis entender) a importância do meu Plano Magistral. Envolveu-se com uma morena: olhos diminutos e cara de louro. Tiveram três filhos. Punham a cadeira na calçada e tomavam mate. A tarde inteira assim. Eu preparava medicamentos. (Meu filho não sabe fazer nem uma xícara de chá). Mas havia um bruxo com nariz de cenoura que me atacava. Eu tomava a fresca na janela. E ele me atacava com suas máquinas de ruído, aereamente conectadas, autopensantes. Meu filho era um gigante, mas se vestia como um esfarrapado. Tinha parafusos e ferramentas. No entanto, o bruxo manipulava-o como um títere. Ele e a morena. Eu manipulava telepaticamente os ratos para que cobrissem meu corpo. Tinha medo de virar outra coisa. Meu filho presenteava as flores de plástico. E o bruxo dava risada com seu nariz de cenoura. Eu precisava me proteger dos seus ataques. Meu filho foi removido do metatarso, e ele o fez crescer no joelho: um mecanismo complexo como uma entidade autossuficiente. Era cego. Não via quase nada. Só lhe faltavam os olhos. Tive que tirá-los de minha garganta, como teria feito qualquer pai. Mas o bruxo gesticulava as mãos e desfazia minha magia. Meu filho se convertia em meu pai, na minha mãe, na morena, et cetera. E ao final lhe cortaram a cabeça. Mas não ele. Pois uma cabeça não pode ser costurada nem por magia. Meu filho era como um apêndice que deu errado, quase um aborto. Não era uma linha preta com a qual se poderia costurar uma cabeça. No entanto, se eu pudesse unir a cabeça ao corpo, sairia do frasco.

O bruxo manipulava os fios à distância. Meu filho se coçava a torto e a direito e cresceu de tamanho. Era como um Golem. Eu não queria virar um idiota e gesticulava as mãos. No entanto, diminuía de tamanho. E depois me enfiaram neste frasco como numa incubadora. Antes vi coisas horríveis e blá-blá-blá. O bruxo gesticulava suas mãos cheias de talco e me atacava com três mil moscas e duas pombas doentes. Tive que tratar minha dor de ouvido com um cone de papel. Mas mijei em mim mesmo e mijei sangue. O céu ficou preto com estrelas vermelhas. O bruxo era maníaco-depressivo e sorria mostrando as gengivas. Eu era um astrólogo e comandava um exército de anões eletrônicos. Mas um corvo grasnou meu nome e cuspi uma víbora de sangue. E eles me colocaram neste frasco de vidro. Sobre uma cabeça ovoide com cara de ovelha. As orelhas pontiagudas e disformes. A cabeça também não era de falar muito. Seus olhos eram frios e seu crânio azul.

FOTOGRAFIA 3

O Decapitado posa ao lado de um vizinho do bairro de Belgrano pouco depois do seu "suicídio". (Observe o uso de um cordão ou focinheira e a estranha máquina de ruído...).

MENSAGEM

Este texto está escrito como uma carta de amor para os integrantes de *La Otra Caja* do passado, do presente e do futuro. Bendito seja aquele que pode ser abençoado três vezes.

CONSELHO

Não cair na tentação de escrever bem demais. Para ser um gênio convém escrever como um idiota.

DECISÃO

Apesar dos protestos dos demais membros da família — em especial de minha tia e de minha avó morta —, decidi publicar este texto tal como estava escrito. Esta não é mais do que a história de uma família estranha e monstruosa. Contudo, é uma história que não compreendo de todo e não gostaria de ter que interpretá-la logo agora.

O ROMANCE HIDRÁULICO (DE TÍTULO ESPANTOSO)

O Sol Final professava uma sólida formação nacional-socialista cuja base era centralizada no bem-estar geral e não individual. Por isso, construiu uma estrutura com tubos de aço. A estrutura, como esperado, tinha forma de suástica. Os efeitos de uma intolerável obviedade deixaram de estar num lugar central. O Sol Final precisou fazer um rigoroso exame da construção. A suástica não era somente um objeto físico, mas também uma forma que exauria o pensamento. Uma forma estranha, inevitavelmente ornamental. Assim se referiram à estrutura ao longo dos anos. Mas o Sol Final queria que a suástica adquirisse certa perspectiva humanista. Os tubos de aço foram desdobrados em uma superfície com bordas arredondadas. As cruzes foram feitas de forma quase elementar. Era uma cópia objetiva do desenho que um arquiteto italiano havia feito sobre o mapa da Hungria.

S.O.S.

s o i s u m a m á q u i n a d e l e i t u r a

REVISTA CIENTÍFICA

O nazismo era débil em nível humano, mas rigoroso em termos científicos. Muitos, porém, opuseram-se abertamente que o nazismo fosse considerado uma ciência. Houve quem apontasse, tanto a favor quanto contra, que o nazismo estava fora da normalidade. Não faltou, inclusive, quem apontasse que agíamos como muitos judeus do passado, que se preocuparam somente quando viram que o projeto do Holocausto era a sério. Dessa perspectiva, o nazismo seria discussão para hoje e o genocídio para amanhã. Contudo, a causa da reação ao nazismo seria fornecida mais pela memória do que pelo pensamento. Da mesma forma, o nazismo falou da doença e deformidade dos judeus, porém faltava-lhe a cabeça (literalmente) a um de seus adeptos. Um cientista de sessenta e nove anos de idade havia feito um estudo minucioso sobre o comportamento dos judeus nas suas horas de confinamento e encontrou semelhanças com o comportamento dos animais. O cientista residia nos Estados Unidos da América e foi assassinado na porta de uma discoteca. Bateram em sua cabeça com um taco de beisebol cromado e lhe roubaram as chaves do carro. O cientista era suspeito de manter encontros sexuais furtivos com outros membros da comunidade universitária. Muitos cientistas implicados no projeto sofreram uma crise de ordem emocional. Alguns receberam risos e zombarias e outros se comoveram até as lágrimas.

HISTÓRIA DA TIA ADOLFA (ESCRITA PELO VERDADEIRO FILHO DE MINHA MÃE, MAS CORRIGIDA E ATÉ RETIFICADA POR ELE MESMO)

Meu pai era um jurista alemão — na verdade, austríaco —, nazista mas boa gente; anósmico, para mais informações. Era nazista, como todos os homens normais de sua época. Ou, melhor dizendo, era nazista ou alemão como qualquer austríaco de sua raça. As pessoas da Áustria são tão boas ou ruins como em qualquer lugar. Contudo, meu pai podia estar em dois lugares ao mesmo tempo: na Áustria e na Alemanha, por exemplo, mas também na Argentina. De meu pai se podia dizer muitas coisas, como, por exemplo, que batia em mulheres e cortou a cara de uma com uma chave, mas não que era um cocainômano: estava em recuperação fazia muitos anos, desde antes da guerra, e de tempos em tempos repetia "força e avante, companheiro", provavelmente devido à sua impaciência. Quando jovem, usava a cabeça raspada e um alfinete de gancho no nariz, mas ao ficar mais velho vestia terno e gravata e repartia o cabelo ao meio. A fim de contextualizar as coisas. Meu pai foi embora ou escapou para a Argentina nos passos de sua amada Mariette Lydia. Mas não se instalou no Hotel Plaza de Buenos Aires, e sim na selva de Misiones, como Horacio Quiroga. Como todo o mundo, tinha suas fantasias. Exemplo: queria cobrir seu corpo com uma única vestimenta, um longo impermeável da Gestapo que quase tocava o chão, e atacar as filhas dos colonos, ou seja, violentá-las na terra vermelha como se fossem judias. Mais que levantar a saia delas, queria lhes arrancar a calcinha. No chão — em suas fantasias — batia na cara delas com seu coiso, como se fosse o tentáculo de um polvo, e depois — tentáculo — o metia por trás: como se elas fossem homens. Muitas não eram filhas naturais, mas filhas de um demônio pequenino e pintudo, e de algum modo meu pai pensava-se a si mesmo como um demiurgo. Falava com elas em voz baixa, telepaticamente, e às vezes não o escutavam. O que dizia? Coisinhas: em alemão e numa língua inventada chamada ademônico. Daí que as camponesas às vezes o escutavam dentro de suas cabeças, mas não o entendiam, pois não falavam alemão nem muito menos ademônico (para mim ele ensinou apenas algumas palavras e conjugações verbais, mas nenhuma declinação). Elas não conseguiam combinar o significado com as frases que passavam por suas cabeças naquele momento. Ademais, apesar de ser muito austríaco, e, portanto, muito alemão, tinha uma voz finita: uma desgraça para alguém de sua raça: uma raça acostumada a mandar e a dar ordens sem razão: a razão estava no tom, na voz mais que nas palavras. Por isso preferia falar telepaticamente, porque a voz saía mais grossa, profunda, cavernosa. Mas se escondia da luz azul pois tinha medo que o vissem e o reconhecessem por certas coisas, ou coisinhas, que fizera na Áustria e na Alemanha: ao mesmo tempo em ambos os lados. Deixou essas coisas todas escritas em seus diários, provavelmente devido à impaciência. Ainda não os publicamos porque são escritos em alemão (em parte) e em parte em ademônico. Deveríamos traduzir tudo para o alemão, ou, o que seria mais difícil, para o ademônico. Há coisas interessantes nas quais em geral predominavam o pequeno e as dimensões minúsculas. Exemplo: uma vez meu pai viu um homenzinho gesticulando no meio da selva. Era Hitler. Não estava com o bigodinho e dizia que sua cabeça era uma máquina de previsão. "O que faz aqui?", meu pai lhe perguntou. "Esperava você", respondeu Hitler com singeleza. Tinha uma cicatriz no cangote e usava uma viseira laranja. Meu pai quis saber detalhes. Hitler tentou explicar a situação num tom incompreensivelmente gutural. No entanto, dava a impressão de ter dificuldades para se expressar. Dizia coisas que de início meu pai custou a compreender. Em conclusão, Hitler tinha dado um tiro na própria boca mas não morreu: ficou com um coágulo de sangue na cabeça (isso lhe dava poderes). Hitler rejeitou a ideia de sacrificar judeus visando o bem-estar humano. Havia deixado redigidas as novas leis que entrariam em vigência após sua morte. Meu pai dizia que ele ficou meio deformado e pintava os lábios para dissimular. Paradoxalmente, porém, isso chamava ainda mais a atenção. Parecia um boneco de arlequim meio diabólico e decrépito: quase em tamanho natural. Hitler balançava os pés como uma criança e calçava sapatilhas de balé. Demorou quase uma hora para voltar a articular uma palavra. Hitler pediu ao meu pai que apostasse no dezessete em todas as casas lotéricas de Misiones, e lhe deu muito dinheiro. Quase de imediato, o silêncio profundo e glacial se instalou entre eles. Hitler tinha medo de ser reconhecido, e meu pai também, e por isto tapava a cara para falar. "Você não é tão conhecido como eu", disse Hitler, e meu pai teve de aceitar. Era verdade. Todos e cada um de nós tínhamos, por sermos membros da NSDAP, devíamos ter a responsabilidade de mantê-lo em perfeitas condições. Meu pai apostou e ganhou, provavelmente devido à sua impaciência. Em dado momento, pensou em fugir, também por causa de sua impaciência. Depois de tudo, Hitler tinha feito isso no meio do fiasco da Segunda Guerra, vagamente atraído pelo silêncio e a desolação, num submarino nuclear, com Martin Bormann e um butim de ouro. (Tempo depois meu pai soube que Hitler não havia escapado num submarino nuclear, mas num pequeno bote de pesca. E, ao contrário do que muitos acreditavam, Martin Bormann se afogara num lago de águas pestilentas ao tentar escapar de Berlim. Hitler tinha partido antes que os russos chegassem. No bunker com paredes de concreto, de cujos corredores e salas exíguas eram observadas as máquinas de ruído, Hitler sofreu ataques de pânico). Entretanto, meu pai achou feio fazer isso com o *Führer*. "Isso não se faz", dizia meu pai. Mas não fez por medo que Hitler o denunciasse. Havia sido cabo, não lhe faltavam contatos com a polícia, et cetera. Meu pai lhe deu todo o dinheiro (ganhou-o de maneira limpa) e o outro nem lhe agradeceu: não deu nem cinco pratas para o busão. Hitler não queria atribuir algum significado a coisa nenhuma. Isso decepcionou e aborreceu demais o meu pai. Com aquela grana, Hitler partiu para Bariloche ou o Paraguai, a fim de testar a sorte, quem sabe. Havia quem dissesse que procurava uma montanha meio mágica e queria uma nova felicidade a partir de uma mudança de vida, mais calma e tranquila. Antes da guerra, havia visitado um hospital psiquiátrico para ser submetido a um tratamento de eletrochoque. Mas um dia veio nos visitar e trouxe para mim uma maçã-do-amor. Meu pai lhe serviu um café acompanhado de uma rabanada de pão integral e pediu que botasse uma peruca para nao me assustar. Eu era pequeno e vivíamos numa casa feita com blocos de concreto, com uma arquitetura de acordo com nosso pensamento, que tinha o tamanho de uma caixa de sapatos e onde predominava o pequeno e as dimensões minúsculas. Meu pai o apresentou como a tia Adolfa e lhe deu um beijo na bochecha (algo que papai não fazia com ninguém — nem sequer com mamãe — por medo dos germes: ficava o dia todo passando álcool nas mãos). Vi que tia Adolfa tinha uma dentadura postiça e uma sombra acima dos lábios. Não falei nada porque já tinha visto uma mulher bigoduda no circo de Oberá. Também vi que sua mão direita tremia ligeiramente e tinha as unhas comidas (isto último me inquietou). Meu pai preparou o mate, provavelmente devido à sua impaciência, e filosofaram sobre a maldade da espécie humana. Não chegaram a nenhuma conclusão, apesar de falarem em alemão (meu pai intercalou algumas palavras em ademônico, para surpresa de Hitler, que fingiu entender ou realmente entendia). A palavra "sabuja" era repetida com bastante insistência. Quando tia Adolfa se foi, meu pai disse: "Aquela homem é um gêêênia". Para mim era uma mulher, mas como meu pai falou essas palavras em castelhano, acreditei que ele fez confusão com o idioma. Meu pai tinha um brilho maligno no olho direito, mas quando falou essas palavras, seu olho brilhou ainda mais. Mamãe era como uma boneca de porcelana. Nunca dizia nada. Tinha suas duas tetinhas e sua xicrinha de caldo. A única coisa possível de ouvir nesses momentos eram alguns ruídos produzidos pelos utensílios da cozinha. Mas nesse dia minha mãe abriu o pacote que tia Adolfa havia deixado sobre a mesa, e o fez com uma navalha. Meu pai não tinha muita parafernália nazista (não era alemão, mas austríaco), porém sobraram algumas coisas para mim como lembrança de tia Adolfa.

VERDADE

Procuro escrever um texto no qual a única coisa verdadeira seja a escritura.

MORTOS

Os mortos sabem coisas que os vivos desconhecem. A morte não é como a imaginamos.

ONDE MEUS ROMANCES COMEÇAM OU O ROMANCE DA ESPERA

Quando não acontece nada, na verdade também acontece algo: o tempo. E o tempo é a matéria-prima de toda aventura, inclusive no caso mais extremo da inação. Existe uma épica da quietude.

ONDE CONTINUA O DIÁLOGO COM O TRADUTOR DO FALSO FILHO DE MINHA MÃE

10) O "arenque defumado" esconde alguma referência particular?

11) As pombas do Sol Final são "doentes" no sentido de "infectadas"?

12) E "Algum deles se converteu num perigo para os outros" deve ser entendido como "Algum dos três…", certo?

13) Certeza que a telha decapitadora é precisamente um dos objetos de barro assado que se utiliza para cobrir os tetos?

14) Certeza que o Monstro [Lai] usa o vidro de maionese como cofrinho?

SEGREDO

Não revelar que o tradutor do falso filho de minha mãe é Francesco Verde, o tradutor de *Su turno,* de Alberto Laiseca, em italiano.

UM ESCRITOR DE VERDADE

Não se é um escritor de verdade se não se pensa ao menos uma vez por ano na possibilidade de ganhar na loteria ou se não se recebe uma oferta para dar uma palestra sobre coisas difíceis de explicar.

SENTIDO

A coerência do escrito se dá pelo sentido. Mas o sentido se encontra nas palavras. É impossível escrever algo sem que o leitor deixe de encontrar um sentido visível ou oculto no escrito.

IMAGEM

A imagem de minha avó com o avental cinza e sua própria cabeça nas mãos era totalmente irreal.

CARTA QUE FELIPE POLLERI ENVIOU AO VERDADEIRO FILHO DE MINHA MÃE E FOI INCLUÍDA E FALSIFICADA PELO FALSO FILHO DE MINHA MÃE NESTE TEXTO

Meu querido X, você não está louco. Acontece simplesmente que você é um gênio interminável de quem brotam ideias interminavelmente e páginas simplesmente geniais. Não estou de brincadeira, juro. Suas genialidades me deixam boquiaberto, atônito, estupefato e meio confuso. Mas sobretudo, sem sacanagem, maravilhado.

Aquele texto sobre a caixa é uma obra de arte perfeita. Estou falando sério. Assuma logo que é um gênio e ponto final. Esperamos novos milagres.

ATRÁS E ADIANTE

Este texto pode ser lido de trás para diante. Apesar de primeiro ser necessário definir o que está para trás e o que está à frente neste texto.

PÁTRIA

A pátria é a Itália.

Ou a pátria é o Antigo Egito.

LANÇAMENTO

Ontem pensava em ir ao lançamento do seu livro, mas tive que levar um saco de balas Sugus para minha afilhada, que comemora 13 anos de idade.

TRÊS EIXOS

Este texto foi escrito a partir de três eixos: escritura, reescritura e tradução.

HISTÓRIA DE XYZ, HETERÔNIMO DO VERDADEIRO FILHO DE MINHA MÃE, ESCRITA PELO FALSO FILHO DE MINHA MÃE

XYZ é um escritor quase invisível ou com uma ambígua transparência, que tem uma influência difusa e espectral, distorcida, embora de baixa intensidade, sobre as gerações do futuro. Como uma bolinha luminosa, XYZ conseguiu condensar a abstração da escritura na literalidade da matéria. Nenhum de seus objetos (desde as guerras dos robôs à saga imperial) é convencional ou permutável. No entanto, cada um desses objetos assinala sua vida como um avatar da escritura. Conheci XYZ em Monte Grande. XYZ tinha ideias demasiado geniais, mas lhe faltava o duende, a fumaça preta... Sua escritura não estava à altura de sua cabeça. Havia escrito, entretanto, a história do caminhoneiro Mc Coffi. O caminhoneiro Mc Coffi atravessava a costa oeste dos Estados Unidos. Conhecia a Califórnia como a palma de sua mão, de memória ou de coração, como diriam os franceses. Mc Coffi digiria pela estrada, mas às vezes o seu caminhão se transformava num tapete voador que o levava para conhecer outros países através do mar. Esteve na China, na África e parte da Ásia (além da China, é claro). Fundou impérios; amou e foi amado por cortesãs e reis. Mas um dia o caminhoneiro Mc Coffi entendeu que sua viagem havia terminado e mandou construir uma cabana no topo do Himalaia. A cabana era exatamente igual à cabana onde Mc Coffi havia nascido e crescido no Tennessee, às margens do Mississipi. O caminhoneiro McCoffi deu um tiro na têmpora como se nunca tivesse saído de casa. A história era triste, mas não guardava nenhuma moral. Era tão simples tão simples que poderia passar despercebida, no entanto XYZ a havia escrito para que eu pudesse me lembrar e contá-la novamente. Mas não acredito que *a história de Mc Coffi* seja a história, e sim a maneira de contá-la, e mais ainda de escrevê-la. É inegável, porém, que o texto de XYZ gerou outro texto, e isso é algo que poucas escrituras podem fazer. Também quero dizer em sua defesa que XYZ escrevia sem uma razão aparente, mas não porque sim: havia uma hipercoerência lógica em uma estrutura interna. A obra de XYZ não esconde o que revela: a escritura invisível também pode ser lida. XYZ vivia nos arredores de uma favela, quase sempre em péssimas condições, com um distúrbio neurológico, numa casa excessivamente mobiliada cuja instalação elétrica vivia dando defeitos. XYZ tinha um pastor alemão e comia num restaurante chinês. Foi estudar no estrangeiro e descreveu do seu ponto de vista as guerras robóticas em nosso país. Em Pequim, ele viu como uma máquina cortou a cabeça de um operador em uma fábrica de eletrodomésticos. Muitos ficaram surpresos com a história. Acreditaram que se tratava de um fato acidental numa sociedade altamente industrializada como a chinesa. Pelo contrário, era um fato que ocorria com uma frequência desconcertante.

RELATO ESCRITO POR XYZ (NO QUAL É DESMENTIDO AQUILO DE QUE NINGUÉM ESCREVIA MELHOR QUE O VERDADEIRO FILHO DE MINHA MÃE)

Os robôs encontraram uma espécie de estrada. Eles atiravam através do terceiro olho que tinham embutido na testa. Parece curiosa semelhante afirmação, mas os robôs atacavam com uma ferocidade extrema. Os robôs começaram a se espalhar durante um dia esplendoroso, lentamente pela baía. Atravessaram um rio pouco caudaloso e se instalaram num esplêndido terreno. O robô A meteu a picatrônica no estômago do robô B. O robô C ficou sem um braço por fazer o sinal da cruz. Ele procurava manter de forma implacável a ideia do esoterismo tecnológico. Convém se deter neste ponto da narração. Esta experiência pode servir para saber mais a respeito dos robôs. Parece curiosa semelhante afirmação, mas o robôs tinham pontas de metal como se fossem longas barbas. Para mais de um isto pode ser motivo de mistério. Os robôs foram aceitos, tal como haviam sido feitos, pela corporação que os encomendou. O cientista que os projetou foi metido numa sala de cirurgia e lhe aplicaram anestesia geral. O robô D disparou o laser. Era difícil chegar a uma zona de ataque. Então a peleja foi planejada da seguinte maneira. O robô E funcionava sem sequelas perceptivelmente nocivas. Quando o robô E viu aparecer pela oitava vez o robô G, quis destrui-lo. O robô F destruiu o robô G com um laser. O robô D realizou uma manobra ao mesmo tempo previsível e imprevisível. E não foi destruído. O robô H estava perdido no meio da urbe. O robô I se movia através do transporte subterrâneo. Os mecanismos do robô B que possibilitariam um contra-ataque não funcionavam. Enquanto o robô A lutava com o robô C, o robô F caiu fulminado. Os robôs tinham saído do centro da Terra.

UMA FRASE SONHADA

Queria que todas as minhas ações fossem refletidas ao longo do tempo, como se cada uma pudesse ser justificada na próxima.

Sonhei essa frase.

E quando despertei eu a escrevi.

UMA VEZ

Uma vez Matías Raia me perguntou se eu lembrava o que tínhamos conversado ou se por acaso andava muito ensimesmado.

NINGUÉM SABE

Ninguém sabe o que um texto pode. A escritura produz um efeito biológico no corpo humano.

ANOTHER TEXT

A text cannot be translated. The translation is another text.

UMA ÚNICA LINHA

Na primeira vez que nos encontramos, você leu a palma de minha mão. Mas ainda estou escrevendo aquela vida da qual você me falou.

A SAGA IMPERIAL (TEXTO DE XYZ ESCRITO A PARTIR DA TRADUÇÃO QUE J. R. WILCOCK FEZ DA OBRA DE KAFKA)

O rei se casou em segredo com uma mulher de origem eslava. O casamento desmontou rapidamente o movimento político que mantinha os adversários unidos. No entanto, para o rei, nenhum dos adversários cumpria com os requisitos formais a ponto de ser considerado uma ameaça. Ele lembrava das madrugadas com o povo clamando por sua cabeça. Mas ninguém o havia decapitado ainda. Talvez quisessem executá-lo junto de sua esposa eslava para serem exibidos, dependurados de cabeça para baixo, na praça pública durante vários dias seguidos. No entanto, mesmo que o decapitassem, não morreria de uma maneira tão fácil. Todas as esposas do rei provinham de lonjuras quase insondáveis. O rei usava sapatos confeccionados com pele de crocodilo. E um ramo da matemática foi ridicularizado por alguns filhos do império.

HOJE

Hoje Renée Cuellar disse que somente Kafka pode igualar Laiseca.

SEGREDOS

Existem segredos que são contados para que continuem a ser segredos. Mas é inútil esclarecer o enigma.

NÃO ENTENDER NADA

Não entender nada afasta o leitor do texto quase tanto quanto entender tudo.

RELATO TOPOLÓGICO (TEXTO DE XYZ CUJO TÍTULO FOI ESCOLHIDO PELO FALSO FILHO DE MINHA MÃE)

Estavam no meio de um campo semeado de trigo. O topógrafo estava absorto, num estado de melancolia constante. Dava aulas de álgebra aos alunos de uma escola pública. O topógrafo argumentava que existe uma lógica do fora e uma lógica do dentro, mas não se pode compreender o dentro com a lógica do fora. Segundo ele, a maioria dos problemas literários eram problemas topológicos. Ele fez algumas perguntas. Ninguém respondeu. O topógrafo tinha vivido alguns anos na Alemanha.

A "PASTA FROLA" MAIS CARA DO MUNDO

Um jogador de futebol se abaixou para pegar uma *pasta frola* enquanto dirigia e sofreu um acidente. Precisou amputar uma perna. Os médicos fizeram todo o possível para salvá-lo. Et cetera.

UM JOVEM ACADÊMICO

Um jovem acadêmico disse que não subscreveu mais a teoria decapitística e a partir desse dia começou a escrever romances muito ruins.

UM BIÓGRAFO

Um biógrafo pensou ter encontrado semelhanças entre os livros dos demais e o próprio livro. Ele havia escrito sobre a vida de um escritor decapitado como se esse escritor tivesse cabeça.

UM DIA

Um dia vou escrever um romance que aconteça numa fazenda de reabilitação e cuja escritura seja como um redemoinho. Força e avante, companheiro.

EXPERIMENTAL

Toda escritura é experimental até que não se prove o contrário.

TEORIA DA DECAPITAÇÃO (TAMBÉM CHAMADA TEORIA DECAPITÍSTICA)

Faz quatro mil anos. Em algum lugar do Iraque. Os sumérios

esculpiram a letra na pedra. A partir dessas escrituras, foi escrito o Gilgamesh. Os sumérios decapitaram a si mesmos. Perderam o nome ao longo da História. Até nós chegaram apenas suas escrituras através de outra escritura. Os sumérios não eram escritores. Eram muito mais que isso. Os sumérios eram um artefato verbal estranho. Como Homero ou Shakespeare. Os Dois Grandes Decapitados. Muitos duvidam de sua existência real, mas ninguém duvida de sua escritura. Como Murasaki Shikibu. A Grande Decapitada. Que recebeu o nome de um de seus personagens. Escreveu sob a forma que chamamos de romance. O Gengi Monogatari... Ela trouxe a revelação. Ainda estamos tentando lê-la. Talvez algum dia cheguemos a compreendê-la de todo.

NOTA À PARTE

Aqueles que escreveram o Gilgamesh decapitaram a si mesmos como se fossem sumérios.

A PRIMEIRA VEZ

A primeira vez que você escreveu o nome da velha travesti que ama depois de um ato sexual.

ESCRITURA E VIDA

Escritura e vida não estão dissociadas.

CONTRADIÇÃO

A escritura é a vida.

Tudo é escritura.

UM ROMANCE DE XYZ CONTADO

O soldado se aconchegou ao lado do rei. Todo o romance era sobre essa frase.

CAPÍTULO DE UM ROMANCE QUE O FALSO FILHO DE MINHA MÃE NUNCA ENTREGOU A SEU EDITOR POR CONSIDERAR O TEXTO CONVENCIONAL DEMAIS, INCLUSIVE PARA SI

Calcanhei o cavalo e saímos a galope. Cavalgamos durante toda a noite, entre o tilintar de sabres e esporas. Eu ia recostado no cangote de um potro acinzentado, e várias vezes estive a ponto de cair numa nuvem de poeira. Ao chegar, vimos uma sombra na porta do rancho. O Inglês era alto e louro. Tinha escutado os cascos dos cavalos e saído para nos receber com o sabre desembainhado. Sorria, mostrando uma fileira de dentes alvíssimos. Mas não estava sozinho. Ao seu lado havia uma menina com um vestido longo de luvas de veludo. No começo não percebi que era linda. A menina tinha a cabeça coberta com uma manta preta. Quando se descobriu para cumprimentar, vi que seu cabelo louro estava trançado e sua cara brilhava de suor. Os olhos eram de um azul aquoso, quase transparente. Não devia ter mais que dez ou onze anos. Era loura mas com reflexos dourados. Apeei. Entramos no rancho. Estava muito escuro e cheirava a umidade. Num canto havia um astrolábio e um braseiro de ferro. O aparelho musical estava num canto estratégico. Procurei fingir tranquilidade. Ela se ajoelhou, juntou as mãos e murmurou uma oração. O Inglês arrancou seu vestido com parcimônia e a deitou num catre, de barriga para cima. Ela fechou os olhos e abriu as pernas. O desejo secou minha boca. Não sabia o que dizer, ou tive a sensação de que não era preciso dizer nada. Via a linha rosácea de um talho e o ventre inchado. Os lençóis eram brancos, com uma mancha de sangue.

— Aí está, disse o Inglês. — Use-a.

Havia mais desprezo no tom do que nas palavras. O Inglês tinha uma testa abaulada e um desvio no septo nasal. No entanto, tinha os mesmos olhos que ela. Eu estava confuso e envergonhado. Apertei o punho do sabre e assenti com a cabeça. Inclinei-me para observá-la mais de perto e ela fez o sinal da cruz.

— Você não vai se arrepender —, disse o Inglês. Ela começou a soluçar em silêncio. — Acredite em mim. Vale o seu peso em ouro.

Era um objeto real e ao mesmo tempo artificial, simples mas desnecessariamente complicado. Examinei o corpo de frente, de perfil e por trás. Fiquei erotizado com a cena de uma mulher amamentando seu filho. No chão havia uma terrina de porcelana contendo chá frio. A cama rangeu.

Meus homens foram deixados para trás na cisterna e assobiavam como passarinhos. Eu dei a bolsa de veludo preto para o Inglês.

Nela estava todo o ouro.

— Para a ferrovia —, disse o Inglês. — Para o progresso do Império.

Pude ver uma locomotiva fumegante em minha imaginação. Mas uma ideia foi aos poucos contaminando todos os outros: o Inglês estava disposto a sacrificar o que fosse necessário por aquela imagem. Eu senti o chacoalhar dos vagões como uma vertigem dentro de mim.

O Inglês tinha fama de sanguinário, uma mistura de crueldade e demência. Segundo diziam, bebia cerveja no crânio de seus inimigos. Mas não era sem astúcia. Havia armado uma rede de espionagem e delação na fronteira. Apesar de ninguém saber como ele tinha conseguido a paz e o comércio com os índios.

O Inglês tinha as mãos bem cuidadas e muitos diziam que pintava as unhas com cálcio. Abriu a bolsa como antes abrira o vestido da menina, e sorriu:

— Brilha — disse.

Mas só devia ver os dormentes e trechos dos trilhos.

— A cama range? — disse, só para dizer alguma coisa.

— Pode fazer com ela o que quiser — disse o Inglês —. Mas tenha muito cuidado com a criança.

Não falou isso em tom de reprovação. Contudo, naquele momento não entendi o alcance de suas palavras.

As moscas zumbiam e revoavam sobre a mesa. Havia uma cabeça de porco no centro. Ela estava sob cuidados do Inglês. Mas agarrava o rosário de prata.

— Como você se chama? — perguntei.

— Amalia — disse.

E acendeu o braseiro de ferro. Vimos a crepitação da chispa na resina e como a chama oscilou entre cerúlea e alaranjada.

Amalia colocou a chaleira no fogo. Mas suas mãos ossudas tremeram.

— Foi o Inglês? — perguntei, tocando sua barriga.

Ela negou com a cabeça.

— Foi quem, então? — murmurei.

— A história é longa — ela disse.

— Isso não é um problema — eu disse. — Temos a noite inteira.

Não quis responder que eu tinha pagado por ela.

A tampa da chaleira começou a sacudir.

— A água… — lamentou.

— Isso não importa — eu disse.

Chamei-a com um aceno da mão e pedi que se ajoelhasse aos meus pés. Em seu torpor, ela apoiou a cabeça em meu colo e desfiz sua trança. Tinha cabelos muito compridos, quase na cintura.

— Conte a história para mim — eu disse. — A noite é longa.

A cara de Amalia parecia de porcelana.

— Você tem de me contar tudo — eu disse.

Ela disse que sim com a cabeça e alisou a saia de seu vestido.

— Você não é um troféu — eu disse. — Pode falar.

— O Inglês disse que tenho a pele delicada — disse Amalia. — Que pode ser facilmente aberta.

Eu estiquei a mão e acariciei sua testa.

"O Inglês é capaz de enfiar ideias na sua cabeça: ideias para enlouquecer você", disse Amalia. "Uma vez ele trouxe um cavalo branco. Eu ia acariciá-lo no meio da noite. Às vezes entrava no curral e dormia com ele. Mas um dia o Inglês me despertou quando o vermelho ganhou o céu. Ele me montou em seu cavalo preto e cavalgamos para o interior em direção às montanhas, conduzindo o cavalo branco. Ao chegar a um ponto, ele apeou e desenhou um círculo de sal. Pegou o cavalo branco, levou-o até o centro e lhe cortou seu pescoço com o sabre. O cavalo deu um relincho espantoso e desabou de quatro no chão. Então ele veio até a mim, agarrou-me pelos cabelos e me levou aos chutes até o animal. Achei que também ia me degolar. Mas me jogou no charco de sangue e disse para eu não me mexer. Os índios acenderam seus archotes. Então vi aparecer uma criatura com uma linguinha bífida, como a de uma víbora. Os índios se aproximaram com cuidado. Pediram ao Inglês que me cegasse por piedade. Mas o Inglês queria que eu visse tudo, que não perdesse um detalhe. A criatura começou a falar dentro de minha cabeça como um eco, mas suas palavras eram incompreensíveis. A criatura veio pela lateral de minha cabeça e enfiou a língua em minha boca, desenrolando-a até a garganta. Procurei o Inglês com o olhar e vi que seus olhos brilhavam de luxúria. Não lembro de mais nada. No entanto, após dois dias senti que algo se movia dentro de mim."

SEM DOMICÍLIO FIXO

Este texto é um artefato verbal estranho. Mas eu só me ocupo do desenho do artefato como se fosse um Odradek.

CAMINHAR

Caminhar é como escrever. E se pode caminhar a vida inteira.

O CONTINUUM

Caminhar numa esteira rolante é o continuum.

CORRIGIR

Uma frase não é melhor que outra, mas uma cumpre uma função e

outra frase cumpre outra. A questão é saber que função cada uma cumpre em uma variação.

BERLIM

A primeira seita decapitística surgiu em Berlim.

TRADUÇÃO DE "LE BRIGATE" DE FRANCESCO VERDE QUE O FALSO FILHO DE MINHA MÃE FEZ COM A AJUDA DO TRADUTOR DO GOOGLE

As brigadas nos meteram nos caminhões como bestas para o matadouro. Ao chegar, não fizeram nada além de dispor um balde diante de nossos pés; tivemos que: "pelar ratos", suas vozes azuis disseram:[1] pele, desmembrar, estripar, meter a faca, o sangue quente entre os dedos... O primeiro a se render, exausto, foi sempre o Capitão. Ela sofria por isso: seu homem não valia muito; nem contava para nada ser um renegado. Os demais internos o chamavam de "merduncho", riam dele ou falavam nas suas costas. Eu o entendi, eventualmente.

Queriam ajudá-lo, deixá-lo de fora dos seus problemas. E como iriam fazer isso, se não assim, esmagando-o à sua maneira e evitando que erguesse a cabeça? Eram escória, brutos, sem-vergonhas da pior categoria. Miseráveis que, com frequência, depois de engolir a ração de tripas, lambiam os dedos com avidez... Ali dentro, contudo, não trabalhar era considerado um delito imperdoável: de nenhuma maneira o Capitão teria escapado impune. "O trabalho liberta", disse o soldado diante do Centro de Detenção. O que mandava em tudo e em todos, e o que o atacou desde o primeiro dia. Ele o via como a uma afronta, uma espécie de ofensa pessoal, que um de seus homens se mostrasse tão covarde. Como se a fraqueza do Capitão atacasse sua autoridade, como se a falta de energia do outro representasse uma forma de resistência contra si. Ao passar a seu lado, bateu nas costelas dele com a coronha da Glock. Sentia prazer ao atormentá-lo. Cuspir nele, fingir que não o conhecia, apontar a arma na sua cara e apertar o gatilho. Da primeira vez a bala prendeu na câmara de descarga, mas depois o Soldado transformou o incidente num método de tortura. E assim repetiu a cena, sem deixar de apontar para ele (ou desonrá-lo, como diziam os outros presos).

Não pudemos fazer nada a respeito. O único que procurou defendê-lo vestiu uma camisa de força, acorrentou os pés e o fez passar a noite no isolamento, no sótão. Outro que se atreveu a beber sangue de ratazana o empalou diante de todos. Os guardas tiveram que cortar sua garganta para que deixasse de gritar: o homem só queria saciar sua sede, mas o usaram para dar o exemplo, para nos mostrar o que acontecia com quem não respeitava as regras. Graças à minha destreza com a faca, logo fui transferido para a frente, e pude desfrutar do frescor que entrava pela janela e beber uma xícara de mate de vez em quando; no entanto, me vi obrigado a evitar as *quita-penas*,[2] a espiar e denunciar meus companheiros. Então, as coisas começaram a piorar para o Capitão. Fui implacável, e não houve tempo quando olhei na sua direção, não percebi que estava aturdido, com as mãos entre as mãos. Até os demais não deixaram passar, indo contra ele e batendo nele: não sei como fez para suportar: acho que não teve filhos suficientes nem sequer para se suicidar.

1. No texto original: "vozes azuis". Cabe recordar que, na década de 1930, o azul era a cor distintiva de muitas organizações fascistas e parafascistas (NT).

2. Prod. elétrico. Utilizado originalmente por *gauchos* argentinos para conduzir e disciplinar o gado, tornou-se famoso como instrumento de tortura durante o regime militar de Jorge Rafael Videla (NT).

MÉDIUM

"Eu também fui médium", disse minha tia. E me contou que minha avó era integrante de uma escola espírita e sempre recebia o espírito de Julio Sosa — a quem conhecera num baile — quando se apresentava numa reunião de familiares e amigos. Ontem, precisamente, dom Julio Sosa contava como descobriu aos 70 as virtudes do tango.

OCULTO

O único lugar onde realmente havia luz estava oculto.

FOTOGRAFIA 4

Rituais decapitísticos em áreas secretas de Buenos Aires.

FOTOGRAFIA 5

O único lugar onde realmente havia luz.

MD

Uma vez tomei MD num jardim coberto com uma lâmina de acrílico transparente.

FOTOGRAFIA 6

O verdadeiro amor.

MANIFESTO PARA AS NOVAS ESCRITURAS

A escritura corrói o caráter representativo em busca de instâncias formais. A escritura não se subordina a estruturas exteriores, mas se desdobra em sua própria materialidade. A frase deixa de se associar à "trama" do texto e aparece como unidade formal pura. Os personagens se definem por uma função dentro do texto (o Milico, o Capitão, ele, ela, etcétera), mas não têm biografia nem psicologia: são entidades formais. O escritor é algo que deve ser superado.

Os personagens são o que são materialmente e não uma metáfora ou uma alegoria nem uma representação. A escritura é o objeto da escritura. *A outra vida* não é um texto, mas um artefato verbal estranho. A escritura não é uma máquina de produzir literatura.

Et cetera. O caráter liminar é inerente à escritura porque não distingue gêneros.

O DECLIVE

O declive da escritura começa com a aparição do escritor.

TEATRO 1

Há três cadeiras no palco. X arrasta uma cadeira de madeira desde o ponto A até o ponto B. Conta que sua avó se cagava e tinha que trocar suas fraldas. Quando entrava no quarto a reconhecia pelo fedor. Quando estivesse morta, voltaria a notar o fedor e a sentir que sua avó teria cagado num canto do quarto para assustá-lo ou zombar dele lá do além. Apesar de X sentir pânico e transpirar a noite inteira, sem nem sequer conseguir se mexer. Quando era pequeno sua avó o sentava no colo e punha uma de suas mãos nas costas. "Está lembrado que você não tinha nascido e as máquinas comiam seu cérebro e o pio-pio? Você era muito pequenininha e nem se lembra que não tinha nascido", dizia a avó e pressionava a mão contra suas costas. "Você tinha um pintinho pequenininho assim e as máquinas o comiam como se fosse um amendoim. Vez em quando sua cabeça explodia por dentro ou entrava em curto-circuito e você se punha a rabiscar pio-pios de todas as cores (apesar de serem sempre em preto e branco). Eu também era atacada pelas máquinas de ruídos. Por exemplo, me escondiam o isqueiro. E no isqueiro havia um segredo que podia me salvar. Travava batalhas psíquicas contra outros que se encontravam numa mesa próxima. Tudo com o isqueiro. Tinha viajado numa máquina do tempo portátil. Mas não era algo anormal. Tinha visto os egípcios levantar suas pirâmides com uma máquina estranha. Mas não retrocedi mais. Não quis ver dinossauros nem a escritura suméria. No Himalaia aprendi uma técnica para explodir minha própria cabeça, mas nunca a botei em prática. No entanto, ao voltar dessas viagens, nada foi como antes. As pessoas eram pura aparência. A realidade não existia. Estava dentro de uma simulação tridimensional, adaptada para as condições da vista humana e do campo real. Havia visto um lugar se transformar de videolocadora em cancha de padre, e de locadora de automóveis em galeteria. Todo sistema era autorreferencial e se manifestava através dos seus efeitos."

A avó o tratava como se fosse um boneco-robô, até mesmo mexia os lábios por ele.

O PRIMEIRO RABISCO QUE X FEZ, SEGUNDO SUA AVÓ

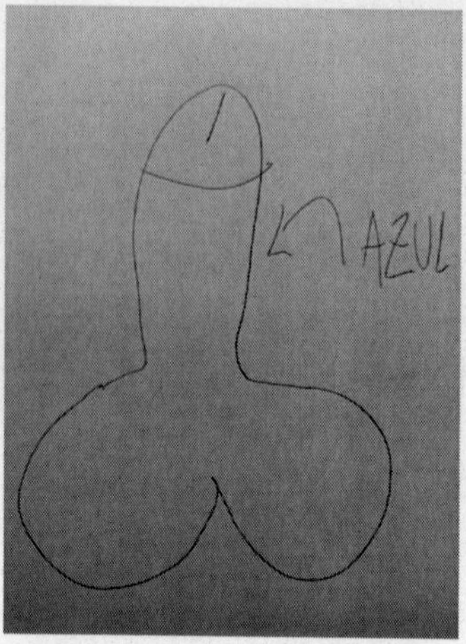

O CURSO DO NÃO

Bartleby e companhia são as notas de rodapé de um texto invisível. No entanto, para poder vê-lo, o leitor precisa imaginá-lo; ou melhor dizendo: para poder lê-lo, o leitor precisa escrevê-lo. Os textos mais intrigantes são os que deixam mais espaço para que outros o escrevam. E o leitor de *Bartleby e companhia* está destinado a se converter em escritor num abrir e fechar de olhos.

O TERCEIRO OLHO

Em *Mi piel luminosa* (inédita), o corte dos números imprime o ritmo. Estabelece uma pontuação mais que própria, inesperada. Quase não pode ser vista, embora esteja à vista. É impossível, porém, não sentir o vazio. Cada frase, cada corte. Além disso, a irrupção dos números atrapalha o sentido da leitura. Desarticula a inércia na qual todos caímos mal começamos a ler. O hífen é um indício. Fornece espessura tipográfica a essa pontuação. Na ilustração que Zsu Szurka fez do corpo mutilado dá para ver o movimento. Recorda aqueles desenhos que mostram um movimento à medida que as páginas são viradas com rapidez. Mas neste caso isso aparece em compartimentos estanques: o movimento se dá quando a vista é deslocada. É como uma máquina simples, porém complexa. E o corte do corpo, do desenho, age como o corte que Bellatin imprime ao texto: é o seu duplo refletido. Zsu — como Bellatin — segue rumo à página em branco: aos poucos... Algum dia chegarão juntos a esse página perfeita: totalmente branca. Porque o que é apagado é a verdadeira escritura.

ESTOU FARTO

A escritura é um círculo fechado que tem cortes, emendas e conexões. A escritura se retroalimenta da vida, pois sem a escritura a vida é impossível. Antecipando a existência de um leitor salteado que a longo prazo seria evasivo, Juan Emar desenvolveu um roteiro salteado que indicava ao leitor onde ele deveria ir para continuar a leitura. As conexões iam de um caderno a outro e apagavam a ilusão da divisão. Mas algo disso Juan Emar queria transmitir quando publicou em vida três livros de forma simultânea. Publicar pouco, mas escrever a vida inteira como se escrever fosse mais importante que ser escritor ou como se a escritura fosse mais um projeto vital e artístico do que estético e literário. Todo escritor sabe que os cadernos da juventude se convertem em cadernos da velhice e não existe nada mais sério do que o cômico. No entanto, Juan Emar preferia pintar ou caminhar ou até pensar antes de falar de literatura. A escritura de Juan Emar havia desfeito o livro quando saiu da superfície para voltar a se conectar através do tempo e do leitor. Incluir o corpo humano como meio de conexão da escritura era sua forma de revelar que ele mesmo não era mais que outro meio de conexão dessa escritura. Mais que romper o conceito de livro, prescindiu de uma estrutura anacrônica. Tampouco era possível a simultaneidade na publicação, apesar de os livros terem sido publicados quase ao mesmo tempo. Havia algo na ordem da leitura que adiava um em relação ao outro, como se houvesse um deslocamento ou defasagem entre dois processos não previstos por um processo anterior. O fator tempo era incontrolável, mas revelou sua espessura e incidência, e deixou claro que fazia parte do projeto desde o princípio. A disposição dos textos implicava tomar o todo pelo todo sem concessões. Talvez apenas um futuro leitor possa aprovar sem reservas a ética e a ontologia da escritura de Juan Emar.

PRÓLOGO FUTURO

Com Celestina Alessio estabelecemos uma teoria das cores para a edição de *A Outra Vida* (o exemplar único que Enrique Vila-Matas cita num romance chamado *Montevideo* [inédito]): o branco para a escrita; o preto, para a realidade. Contudo, x arch. pers. não é um texto, mas um arquivo pessoal de escritura. O arquivo não tem estrutura. É apenas uma transcrição de tudo o que aparece em minhas cadernetas: romances, diários, anotações para *La Otra Caja*. Às vezes não lembro de ter escrito o que aparece ali com minha letra. Será coisa minha caso eu decida copiá-lo ou não. Eu simplesmente gero escritura para que outro possa escrever um texto. No livro vai aparecer o nome de quem fizer a seleção, ou seja, de quem o escrever. Embaixo, x arch. Pers. Sob os cuidados de. Et cetera. Somente será publicado aquilo que outro selecionar. Mas essa seleção será em si mesma a escritura do texto. Selecionar tudo implica em subscrever o que foi escrito, ou melhor, voltar a escrever o já escrito: palavra por palavra. Antes eu escrevia o texto na medida em que o lia. Para muitos isso não era ler, mas escrever. Só que uma coisa não eliminava a outra. No fundo havia uma coisa monstruosa: não queria ler, e sim continuar a escrever. Esse era o meu segredo. Contudo, para continuar a escrever não me restava remédio a não ser voltar a ler. A literatura é uma estupidez. Mas a escritura era verdadeira, mesmo que o escrito não passasse de um monte de mentiras. Todo gênio entra para a História por ter escrito uma frase única e inesquecível. Mas são raras as vezes em que sua veracidade é posta em dúvida. A escritura tem um grande poder de persuasão. A forma é mais convincente do que o significado, e uma frase só pode ser contrastada com outra.

Estou de brincadeira, mas não é apenas uma brincadeira que x arch. pers. tenha surgido de outro e não de mim, pois a partir de um dado qualquer se constrói um universo imaginário. No entanto, devo reconhecer que, se em x arch. pers. aparecer "Em algum lugar de la Mancha, de cujo nome não quero lembrar", pode ser que para alguns pareça uma alusão ao Quixote, enquanto que outros serão surpreendidos pela coincidência. Eu não cito ninguém, mas às vezes escrevo a mesma coisa que Fogwill ou Laiseca. E não penso em sair perguntando se x arch. pers. já foi escrito na Antiguidade.

Não é necessário acreditar que x arch. pers. é a forma que encontrei para que a edição seja uma escritura através da curadoria. São coisas muito diferentes. Muito menos é preciso acreditar, entretanto, que x arch. pers. é um texto. Trata-se, em todo caso — não deve ser esquecido —, do arquivo vivo de um escritor que talvez esteja morto. A curadoria como escritura pode ser feita somente por um escritor sem cabeça. O curador terá que escrever a forma do texto, mas essa forma será o texto, etcétera. Este é um assunto obstinado na inadequação e mortalmente sério. A curadoria sempre é publicada como edição, e não como escritura. A partir de x arch. pers., quem sabe não se poderia fazer outra coisa.

DEDICATÓRIA

Para Felipe Polleri. Porque seu nome é inseparável do futuro. Mas o futuro só é visível através de suas palavras.

FALSO OUTPUT

Verificar se a decoração proposta pela mãe do Decapitado não tinha o objetivo de impedir que o filho se masturbasse.

Determinar a conveniência de repetir os títulos de alguns capítulos e não de outros.

Verificar a contradição entre a linha X e a linha Y.

Não devo deixar à mostra o que penso a respeito daquilo que escrevo.

É possível haver um diálogo feito com perguntas e respostas?

Averiguar se calma e tranquilidade não são sinônimos.

Determinar a conveniência de a dedicatória ir ao final e não no começo.

ARIEL LUPPINO E O TENTÁCULO MONSTRUOSO DA LITERATURA ARGENTINA*

por Luiz Guilherme Fonseca

1.

Se Ricardo Piglia identificou em Juan José Saer, Manuel Puig e Rodolfo Walsh as três distintas poéticas da ficção argentina pós-Borges, e se o mesmo Piglia aparece em uma lista de continuidade ou tensão com outros escritores argentinos (cuja figura oposta costuma ser César Aira), há ainda uma linhagem subterrânea e monstruosa que insiste em desaguar e encontra em Ariel Luppino um de seus mais singulares descendentes.

Com mais de dez livros publicados, entre novelas, ensaios e relatos, Luppino vem se tornando um escritor de culto na Argentina. Ou, como o mesmo diz, um "escritor oculto" – uma vez que sua obra, publicada em editoras independentes e artesanais, se dissemina fora do circuito editorial hegemônico, com livros sendo passados quase que de mão e mão. Em seus textos e performances, Luppino exuma e retoma escritores proscritos, esquecidos ou pouco conhecidos da literatura argentina do século passado, como Marcelo Fox, Alberto Laiseca e Osvaldo Lamborghini, dentre outros e outras; mas também traça alianças com escritores vivos, como Mario Bellatin,

Felipe Polleri e Enrique Vila-Matas, num sofisticado sistema de citações (ou melhor, apropriações) que impulsionam sempre novos livros.

Fundador de editoras clandestinas que publicam exemplares únicos ou de edição limitada (como El Tercer Ojo e Clandestina Chinatown), Luppino organiza grupos secretos de leitura (La Otra Caja) e caminhadas sagradas por Buenos Aires (Museo Oculto).

Apesar de ser um autor ainda jovem, Luppino é dono de um projeto denso e proliferativo, que se estende de seus livros a intervenções públicas, fazendo de sua vida apenas mais um dos momentos de sua Escritura.

0.

Falar de Luppino é como falar de um espectro. Ouvi seu nome pela primeira vez da boca de Joca Reiners Terron, responsável pela excelente tradução que o leitor tem agora em mãos. Em uma de suas aulas, Terron descreveu para os alunos uma novela do autor. Era ainda o meio da pandemia, e fiquei imediatamente capturado.

Falar de Luppino é como falar de um espectro porque até então havia pouca coisa a seu respeito na internet – e absolutamente nada em português. Nenhum livro disponível no Brasil. Apenas um texto aqui e ali em obscuros – e maravilhosos – blogs argentinos, como o excelente *Golosina Caníbal*, manancial da literatura argentina esquecida ou pouco lida, um trabalho hercúleo levado a cabo por Matías H. Raia. Talvez Luppino não existisse, e fosse apenas uma invenção de Joca, que é um escritor de uma inventividade sem limites. Talvez Luppino não exista, e eu esteja apenas imaginando esse sujeito sem rosto, plugado em uma máquina em algum cantão argentino frio e empoeirado, produzindo textos sem parar.

2.

A Outra Vida é o quinto livro de Luppino, e pode parecer uma escolha editorial arriscada e controversa publicá-lo em português pela primeira vez justo com esse texto. Por um lado, porque é apresentar ao leitor a obra de Luppino já em movimento, isto é, começar pelo meio, sem chão onde se escorar e sem porto aonde ir. Por outro lado, porque não se trata mais de uma novela, como seus livros anteriores, com trama e personagens bem definidos. É um livro composto por fragmentos, entre a biografia, a filosofia e a teoria literária, e que parece propor, como diz o escritor Francisco Magallanes, editor argentino de Luppino e responsável pela editora Club Hem, uma "ontologia da escritura".

Narra em primeira pessoa a história da relação entre o Decapitado, o Monstro e o Sol Final. Nomes que podem ou não ser, como diz Luppino no livro, representações de Marcelo Fox, Alberto Laiseca e Ithacar Jalí (outro personagem mítico da Buenos Aires dos anos 60, primo de Chê Guevara, performer e místico).

É preciso dizer que Marcelo Fox foi um controverso e polêmico escritor argentino. Tão desconhecido quanto assombrosos são os textos que escreveu, e que circularam de maneira quase clandestina na Buenos Aires dos anos 1960. Textos como *Invitación a la massacre,* de 1963, que é composto por 13 relatos em primeira pessoa, que tratam, de uma maneira ou de outra, do fim da humanidade; e *Señal de fuego,* de 1968, que é um livro de aforismos de adoração ao sol e à transmutação feita através do fogo, um livro que tem frases como "o mundo é uma máquina de esquecimento", ou "Crâneo, templo natural do fogo", ou "Olhar o sol de frente até apagá-lo", ou "o que não é fogo será esquecido", ou "morrer para esta morte, fundir-se com o Sol" (em tradução minha).

Marcelo Fox teve uma morte brutal. Morreu no dia 11 de dezembro de 1972, aos 30 anos, na estação Belgrano, decapitado por um trem. Essa morte terrível e inusitada, cuja causa é motivo de debate entre seus amigos (suicídio? acidente?), faz ecoar uma das primeiras frases de *Invitación a la massacre,* seu primeiro livro: "A guilhotina cairá lúcida e exata".

Alberto Laiseca, que cumpre um papel fundamental não apenas em *A Outra Vida,* mas na obra de Luppino como um todo, também precisa ser lembrado. Falecido em 2016 aos 75 anos, com mais de 10 livros publicados, se tornou, na última década, uma espécie de escritor mítico. De seus muitos livros, pelo menos dois catatais se destacam: *Los Sorias,* sua obra-prima, publicado em 1988, e *El Jardín de las Máquinas Parlantes,* de 1993.

Los Sorias narra uma epopeia desbordante de mais de 1300 páginas que se passa durante o reinado mundial de três ditaduras: Soria, União Soviética e Tecnocracia. É um livro monumental que custou a Laiseca 10 anos dedicados à escrita e mais de 16 anos tentando publicá-lo. Na apresentação do livro, Ricardo Piglia nos diz que *Los Sorias* pertence "à estirpe de livros que circulam de mão em mão, como uma carta privada destinada a todo o mundo" (1988, p. 6), e o posiciona da seguinte maneira na história da literatura argentina:

"Pelo seu lugar apagado e clandestino (não proibido, nem censurado, mas alheio à leitura e à aprovação social), *Los Sorias* se entrelaçaria com a tradição mais profunda e firme da literatura argentina. [...] A ficção argentina começa com uma história inédita: *El matadero* foi escrito em 1838 e publicado apenas em 1871, e desde então foram escritos muitos textos afundados no silêncio e no segredo, fora de circulação. O iceberg visível da literatura argentina é sustentado por uma massa invisível de textos submersos que nunca vem à tona." (1988, p.7 – em tradução minha).

Entre esses textos afundados no silêncio e no segredo de que falava Piglia estão também os de Marcelo Fox.

Ainda chegará o momento de o leitor brasileiro conhecer Fox e Laiseca.

3.

Mais do que qualquer coisa, Luppino parece ter encontrado em Marcelo Fox, seus textos, sua vida e sua morte, o modo para alcançar outra concepção de literatura. Nesse sentido, *A Outra Vida* se apresenta como um programa para a geração de uma nova escritura, e não por acaso ocorre também no período em que Luppino se aproxima de Mario Bellatin.

Mario Bellatin desenvolve o seu conceito de escritura em muitos de seus livros e entrevistas. Em *Condición de las flores*, por exemplo, publicado em 2008, o narrador diz: "Um dos alertas de que algo estranho está para ocorrer se produz quando percebo que o que escrevo pode ser escrito por outro" (2008, p. 24 – tradução minha). Em outro fragmento, o narrador afirma querer viver em completa harmonia com a sua escritura, e acreditar na ideia de que estrutura um livro infinito "onde as obras publicadas são apenas pontos de referência da *escritura em abstrato* que as sustenta" (2008, p.24-25 – grifo e tradução meus). Entre a possibilidade de ser escrita por outro e a abstração que perpassa e sustenta todos os livros, portanto, parece se ancorar o conceito de escritura do narrador de Bellatin nesse livro.

Com Bellatin e Luppino, ao invés da escrita individual, com autoria e delimitação (o livro), a escritura aparece antes como superfície única e infinita contendo todos os textos já escritos e ainda por vir, sem autoria nem limite. O escritor não como criador, mas antes modulador de uma escrita que se desdobra além e apesar dele.
Essa noção de escritura parece retomar um lugar inicial e iniciático do texto – não à toa o narrador de Bellatin mencione a Torá, o Sagrado Corão e o Antigo Testamento como leituras de referência "porque a partir delas posso formular mais facilmente a ideia de que os livros são infinitos, até os mais elementares, infinito o espaço que separa uma letra da outra" (2008, p. 11) e Luppino se refira à escritura como algo sagrado. E essa escritura é desdobrada para suas caminhadas por Buenos Aires, suas editoras clandestinas e agora até mesmo na produção de filmes.

Como diz Luppino, em tradução de Joca Reiners Terron: "Não é preciso escrever textos, mas antes encontrar maneiras de os textos se escreverem sozinhos. O problema de muitos textos, entretanto, é que estão demasiado escritos. E um escritor do século 23 não deveria escrever, mas antes encontrar formas para que os demais escrevam".

Levando tudo sempre ao paroxismo, seja o delírio de Laiseca, a violência orgiástica de Lamboghini ou a mística dúbia de Fox, e dono de uma obra vasta, mutante e replicante, "microbiana e cósmica", como diz Joca Terron – *com* e *através* de Luppino parece ser possível fazer da literatura outra vez um sacerdócio monstruoso.

*Este posfácio contém partes da minha apresentação para o "XVI Seminário Internacional de Estudos de Literatura – diálogos latino-americanos nas artes e na literatura do século XXI", que ocorreu entre os dias 22 e 24 de novembro de 2023. A apresentação integral no seminário resultou em um artigo ainda inédito, e que será publicado junto aos demais textos oriundos do evento.

Ariel Luppino nasceu em Monte Grande em 1985. Publicou *Las brigadas* (2017), *Las máquinas orientales* (2019), *¡Paraguayo!* (2020), *Serbia o no Serbia* (2021), *La Otra Vida* (2022) e *La Máquina* (2023) pela Club Hem; *La Risa* (2020), *Tratado de insectología* (2021) e *La guerra de las cajas* (2022) pela FA Editora; *Una novelita soviética* (2019) e *Contra las MM* (2020) pela Oficina Perambulante; e *El Decapitado* (2021) pela Golosina Caníbal presenta. É membro do Comitê Central do El Tercer Ojo, Clandestina Chinatown e Biblioteca Popular Rita Lee. Dirige o Museo Oculto e é criador de La Otra Caja. Parte de sua obra foi traduzida para o italiano.

Tradução
Joca Reiners Terron

Edição
Adriana Maciel

Produção Editorial
Jul

Projeto gráfico e ilustração de capa
Ana Lancman

Revisão
Nicolas Casal

S457c Luppino, Ariel

A outra vida / Ariel Luppino ; tradução de Joca Reiners Terron.
Rio de Janeiro : Numa Editora, 2024.

100 p. ; 13,5cm x 20,5cm.

ISBN: 978-85-67477-67-1

1. Literatura. 2. Contos. I. Terron, Joca Reiners. II. Título.

2024-1204 CDD 808.3
CDU 82-34

Elaborado por Vagner Rodolfo da Silva - CRB-8/9410

Índice para catálogo sistemático:
1. Literatura : Contos 808.3
2. Literatura : Contos 82-34

Programa Sur

Obra editada no âmbito do Programa Sur de Apoio às Traduções do Ministério das Relações Exteriores, Comércio Internacional e Culto da República Argentina

numa

contato@numaeditora.com
@numaeditora
numaeditora.com

Este livro foi composto em Organetto (título) e
Crimson (texto) e impresso em Papel Pólen Natural 80g
para a Numa Editora, em 2024.